文化德宏

勐卯古国　口岸明珠

中共瑞丽市委宣传部　编

云南出版集团　云南人民出版社

文化德宏·瑞丽

本卷撰稿 孙宝廷

本卷摄影 钱景泰　王建文　李　鹏　黄康明　黄　奇
　　　　　　木然般双　张海钰　谢寿强　赵重天　邵元武
　　　　　　帅很三冷　杨雪梅　陆　杰　熊寿昌　唐代荣
　　　　　　史志办　畹町管委办

瑞丽

图书在版编目（CIP）数据

文化德宏.瑞丽 / 中共瑞丽市委宣传部编 .—— 昆明：云南人民出版社，2022.2
ISBN 978-7-222-20626-7

Ⅰ.①文… Ⅱ.①中… Ⅲ.①散文集 – 中国 – 当代 Ⅳ.①I267

中国版本图书馆 CIP 数据核字（2022）第 018428 号

出 品 人：赵石定
责任编辑：苏映华
助理编辑：梁明青
装帧设计： 熊·小熊
责任校对：姚实名
责任印制：窦雪松
书名题字：孙太仁
封面绘画：杨小华

文化德宏·瑞丽
WENHUA DEHONG · RUILI

中共瑞丽市委宣传部　编

出　　版：	云南出版集团　云南人民出版社
发　　行：	云南人民出版社
社　　址：	昆明市环城西路 609 号
邮　　编：	650034
网　　址：	www.ynpph.com.cn
E-mail：	ynrms@sina.com
开　　本：	787mm×1092mm　1/16
印　　张：	16
字　　数：	245 千
版　　次：	2022 年 2 月第 1 版第 1 次印刷
印　　刷：	云南出版印刷集团有限责任公司华印分公司
书　　号：	ISBN 978-7-222-20626-7
定　　价：	79.00 元

如需购买图书、反馈意见，请与我社联系
总编室：0871-64109126　发行部：0871-64108507　审校部：0871-64164626　印制部：0871-64191534

版权所有　侵权必究　印装差错　负责调换

云南人民出版社微信公众号

总　序

地处高黎贡山余脉的德宏，江河南流，翠色尽染，历史悠久，文化璀璨，被人们誉为"美丽的孔雀之乡"。

闭目冥想，亿万年前，亚欧板块和印度洋板块漂移相遇、碰撞结合，使高黎贡山从海洋深处崛起，形成云南西部一堵"壮观的墙"，并分割着亚洲最重要的两片地域，你可曾想到这个山脉的崛起将产生怎样的意义？

伫立于德宏这块丰饶的沃土，聆听南方丝绸之路上的声声马铃，你是否感叹中原文化、南诏古国文化与勐卯果占壁文化相互碰撞、交融后所产生的辉煌？

假使说"文化德宏"丛书是一套内涵丰富、博大精深的现代版"德宏史记"，那么，这部"德宏史记"将向你展示西南边陲明珠所蕴含的久远与厚重、传奇与浪漫、和谐与包容。透过"德宏史记"这套传奇之书，你将看到从新石器时代一路走来的德宏，用4000余年的丰厚积淀，堆积出自成一体的文化精粹和人类文明。

——

毫无疑问，这场来自远古的漂移相遇与碰撞，创造了一道绿色的屏障，铺就了一条生命成长的走廊。从此，一群生活在瑞丽江流域的

南姑坝古人类便在这里狩猎捕鱼，用笨拙的双手打磨出最初的石刀、石斧、石锛，烧制出夹着沙粒的红、黑陶器，成为最早的稻作民族，并用贝多罗树叶制成了"贝叶经"，记录了自成一体的天文历法、佛教经典、社会历史、哲学、法律、医药等诸多内容，形成了流传经久的贝叶文化。

穿越浩瀚的史海，去寻觅德宏古老的文明，你会看到那个威武的莽纪拉扎"大王"乘着神奇的白象和他的子孙通过经年鏖战，创立了达光国、勐卯果占壁王国、麓川王国。《史记·大宛列传》载："昆明之属无君长……然闻其西千余里有乘象国……"而唐人樊绰所撰《蛮书》卷四《名类》记载："……妇人披五色娑罗笼，孔雀巢人家树上……土俗养象以耕田，仍烧其粪。"这应该是中原王朝的先贤们对傣族古老王国最早的记录。

当那一条世人知之甚少的"蜀身毒道"经德宏出境进入缅甸，最后到达印度和中东的传闻得到证实后，一个名叫马可·波罗的意大利人和明代著名旅行家徐霞客都慕名而来，并给德宏留下了史诗般的描述。

数千载风云变幻，五百年土司延续，三宣六慰、十司共治，改土归流，终将被历史发展的洪流带入跨越之舟，驶向光辉的彼岸。

二

打开尘封的记忆，在德宏这块美丽神奇的土地上，生活着傣族、景颇族、阿昌族、傈僳族、德昂族五个世居少数民族。他们在漫长的历史发展过程中，不但创造了灿烂辉煌的历史文化，更承传了绚丽多彩的民族风情。

德宏的历史文化艺术不仅有过古老的辉煌，而且沿袭几千年，积淀了丰富和厚重的民族民间艺术资源，是少数民族文化艺术的"活宝库"，也是现代德宏文化艺术赖以继承和发展的优势所在。这里有独特奇异的边疆民族风情，多姿多彩，让你目不暇接。

他们与水结缘，与水的狂欢，用贝叶书写着古老的文明；他们在高耸入云的目瑙柱下跳起了来自天堂的舞蹈——目瑙纵歌，传唱着久远的创世史诗"目瑙斋瓦"；他们挥舞着闪亮的户撒长刀，演绎着千锤百炼后的"遮帕麻和遮咪麻"；他们不畏艰险赴刀山火海，演绎不一样的坚毅和勇敢；他们是茶的民族，是古老的茶农，在时间的流逝中吟唱着"达古达楞"。

　　2019年11月12日，文化和旅游部公布了最新国家级非物质文化遗产代表性项目保护单位名录，德宏上榜13个国家级非物质文化遗产代表性项目。这是一本记忆的档案，这是一份德宏的家珍。千百年来，这些五彩缤纷的文化艺术在静态保护和活态传承中璀璨绽放，散发着迷人的文化魅力。

　　来德宏吧，在这里你可以看到原生态的"孔雀舞""嘎秧舞""象脚鼓舞""目瑙纵歌舞""银泡舞""阿露窝罗舞"和"三弦舞"，听着葫芦丝演奏的《有一个美丽的地方》和《月光下的凤尾竹》，让你的梦浸淫在绚丽多彩的民族风情画廊中。

三

　　感谢这场来自远古两个地球板块的相遇与碰撞，它让地处东经97°31′—98°43′、北纬23°50′—25°20′的德宏群山连绵，层林密布，郁郁葱葱。造就了德宏特殊的地理位置和特有的地形地貌，形成了德宏立体多样的气候，让这里光照充足，雨量充沛，冬无严寒、夏无酷暑，花开四季、果结终年。

　　风光旖旎的瑞丽江、大盈江两条水系穿行于山坝之间，不是仙境，胜似仙境，让德宏拥有"孔雀之乡""热区宝地""天然温室""鱼米之乡""香料王国""热带亚热带物种基因库"等美称。

　　在这个最适宜人类居住的地方，你可以欣赏到秘境丛林中万物竞生，犀鸟、菲氏叶猴、白腹锦鸡等各种珍稀兽类和禽类在铜

壁关国家级自然保护区里出没。珍奇树种应有尽有，山高水长皆入诗画，独树成林唤醒江湖。当镜头对准大自然时，会发现神奇之美无处不存。

德宏——她不施粉黛，美得自然、古朴、恬静，是人们向往的诗和远方。来一次说走就走的旅行吧，走进德宏的热带亚热带雨林，去拥抱灵动的自然，去触摸神秘的画卷，去尽情享受精神家园的回归。

四

德宏——这个古老的南方丝绸之路必经的驿站，历经的苦难实在是太多太多，但境内的各族人民总是挺起脊梁，守护家园。

这里地处祖国西南边陲，战略地位极为重要，自古以来为兵家必争之地。唐宋元明，不必赘述，进入近现代，由于英、日帝国主义的相继入侵，各族人民奋起抗击，表现了不屈不挠的反帝爱国精神。清光绪元年（1875年）在盈江蛮允发生的马嘉理事件，让腐败无能的清政府签订了屈辱的《烟台条约》（又称《滇案条约》）。为了抵御英军入侵，先有干崖土司刀安仁率众在铁壁关抗战达八年之久，后又有陇川王子树景颇族山官早乐东，面对强敌临危不惧，英勇抗击入侵英军，挫败英帝国主义妄图蚕食我国领土的阴谋。云南辛亥革命的先驱，傣族民主革命的先行者刀安仁率领德宏各族人民发动腾越起义。为了全国抗战的最后胜利，德宏各族百姓无怨无悔，用最原始的工具创造着筑路奇迹，把血与泪铺洒在滇缅公路上。南宛河畔的雷允，一座飞机制造厂悄然诞生。滇缅路公上，3200多名南侨机工在日夜奔忙，有1000多人在这条血线上因战火、车祸和疾病为国捐躯。1950年4月29日上午，鲜艳的五星红旗插上畹町桥头，从此，德宏边疆各族人民便开始了千年的跨越，《有一个美丽的地方》就此唱响。借助改革开放的春风，瑞丽江畔的姐告——一个昔日的牧场引发了历史嬗变。

德宏与缅甸山水相连，村寨相依，中缅两国友好交往的历史源

远流长。从缅甸琉璃宫中"胞波的传说"到唐代白居易的《骠国乐》，从中缅两国总理跨过畹町桥到德宏傣族景颇族自治州州府芒市举行中缅两国边民大联欢，从一口水井两国共饮到享誉四海的"中缅胞波狂欢节"，从小小留学生到国门书社，从"一马跑两国"到"丝路光影"国际微视频德宏影展，都诠释着中缅两国历久弥新的胞波情。

晨钟，荡不开两岸血浓于水的兄弟情结；暮鼓，传递着中缅两国人民世代友好的既往。

五

阳光毫不吝啬地倾洒在布满棕榈树的街道上，数座翡翠般晶莹的袖珍小城，就用悠闲的时光将每个来到这里的人"俘获"。透过"文化德宏"丛书，你是否愿意去仔细地揣摩和品味深藏在大街小巷或山乡村野的德宏味道？

走进德宏，徜徉在柔软的时光里，去感悟德宏众多奘房的幽静，去聆听风铃歌唱时散发出的袅袅余音。如果你还是个吃货，就更不该错过傣族最爱的"酸、甜、苦、辣、生"，拿出你的勇气去品尝一下"撒"的味道和奇特的昆虫食品吧，再不然就去感受一下景颇族"绿叶宴"的视觉和味觉的双重盛宴。

造物主仿佛特别宠爱这个地方，用了太多的乳汁、太多的色彩勾画这片沃土，让她闪烁出神秘而悠远的光彩。

愉悦地走进德宏色彩斑斓的世界，看勐巴娜西的黎明之城，到瑞丽江畔捡拾遍地的美丽，把水墨陇川拷进硬盘，让万象之城的大象驮着你去看梁河的"塔往右，水往南"。

你听说过"玉出云南，玉从瑞丽"吗？来德宏吧，看看现实版的翡翠传说，观察一下翡翠直播的新业态，体验一把珠宝市场万人簇拥的早市、晚市，选购一块与你结缘的翡翠，把山清、水秀、天

蓝、恋情留在此地，把最美的诗和远方带回你温馨的家。

或许你感觉德宏古老的历史已经沉睡，但要相信记录历史的时间依然醒着，因为在这块神奇美丽的土地上，有一群本土的历史文化名人，在特定的历史时期，用有限的生命铸造着德宏文化的历史丰碑，它将承载着今人的记忆驶向希望的未来。

文化德宏，史记德宏，能让你倾听每条江河流淌着的婉约之音，目睹每座青山描绘的瑰丽乐章，看到生命的创造，看到希望的拓展。当你与德宏相遇牵手，就能够触动你心灵深处那一根敏感的神经，并生发一种魂牵梦萦的情愫。

目录 Contents

001　第一章　梦寻滇越乘象古国

002　古国称雄："蜀身毒道"上的千年城邦
015　古国神秘面纱
030　佛光映照下的古国神韵

041　第二章　口岸明珠，跨越世纪的经典

042　梦幻之城：当太阳升起的时候
057　黄金口岸：站在世界的前端迈步
072　瑞丽味道：无法带走的边境迷恋

085　第三章　品味瑞丽，古丝绸路上的流光溢彩

086　水韵福地里的山水情怀
101　让人激情缠绵的多情节日
117　张骞地理大发现中的秘境仙踪
133　奇彩风光：瑞丽从来自古景上新
145　胞波情深：世界和平安宁的典范诗章

159 　第四章　天雨流芳，勐卯孔雀文化的杰出见证

160　傣族古老风俗演绎千年人文
176　一座边境口岸城市曾经的血色记忆
192　名人堂见证瑞丽历史经典
217　边城飘曳着的霓裳艳影
225　魅丽文化彰显诗画瑞丽

238　瑞丽，一艘正在扬帆起航的希望之舟（代后记）

第一章
梦寻滇越乘象古国

滇越乘象国是云南古代历史乃至中国历史上最古老的傣族王国之一，早在西汉时期就被称为"滇越"，建立了神奇的"乘象国""骄赏弥国"，东汉时被称为"掸"。唐宋时期先后归顺南诏、大理地方政权。元朝时瑞丽傣族迅速崛起，建立了强大的"麓川王国"。其实司马迁《史记》所称的滇越乘象国，就是傣语所称的"勐卯果占璧王国"或"勐卯弄"。勐卯果占璧王国（滇越乘象国）共经历了鲁赖王、混等王、雅鲁王、麓川思氏王四个朝代。

蒲甘王朝尚未灭亡时的南北朝陈光大元年（567年），混赖就在东北的勐卯崛起，建立了果占璧王国。后召武定继承了王位，至唐宝应元年（762年），为南诏地方政权所都封授的混等王替代。雄才大略的召武定是一代明君，上天赐予他一把"神琴"。召武定王用"神琴"召唤出万头大象，率领着象群回到勐卯继承了王位，统一了傣族大部地区，建都勐卯弄岛雷允。前后共历经881年。至今雷允王城遗址尚存。

古国称雄："蜀身毒道"上的千年城邦

一个比瑞丽江文明更为久远的文明，那就是勐卯果占壁王国。
它不仅是南传佛教的发祥地，还是傣族文化的中心。

崛起的勐卯果占壁

你走进瑞丽江流域，便走到了众山之根、万水之源，也就寻到了生命之源、文明之源。在这里，文明的足迹遍布每一寸土地，它是祖国西南最醒目的一块热土。各种文化在此融合、交汇、重叠、碰撞，闪耀出不朽的光芒，呈现出举世瞩目的多元文化。四望瑞丽，很难想象这里曾经是一块繁华过、热闹过、辉煌过的奇妙边地，更无法相信曾经有过的千年文明。

瑞丽值得让人引以为自豪的，是那承载了千年的久远历史，那曾经在历史中闪亮一时的辉煌王国——勐卯果占壁王国。

瑞丽地区傣族先民有着辉煌灿烂的历史。据傣文献记载，周威烈王二年（前424年），瑞丽江河谷曾出现过根仑和根兰两个部落，其后根仑部落东迁，根兰部落在此定居繁衍。至3世纪，根兰统一了附近的傣族部落。傣文史籍《召武定》中说，3000年前，傣族英雄召武定建都雷允，战胜各部后，建立了"勐卯果占壁"，即

"勐卯国",被尊为"勐卯弄",即"大勐卯"。有史学家认为:西汉元狩元年(前122年),汉武帝派遣张骞出使西域探寻到的"滇越乘象国"就是"勐卯果占壁王国"。据傣文史书《银云瑞雾的勐果占壁》记载,唐宝应元年(762年),勐卯姐东的混等被南诏王招为驸马,册封为勐卯王,并为其在等贺建筑王城和宫殿。《大唐西域记》则将"勐卯果占壁"译作"骄赏弥"。

南朝陈光大元年(567年),勐卯的傣族首领混鲁(根仑)、混赖(根兰)兄弟统一了南卯江(今瑞丽江)河谷各地,并跨过南宏江(今怒江),征服了景洪、景栋、景线、景迈一带的傣族地区,最终取代达光王国建立了更为强大统一的傣族政权,称为勐卯果占壁王国。唐宝应元年(762年),南诏王阁罗凤"西开寻传,南通骠国",统一了南卯江流域的傣族区域。11世纪,勐卯与勐生威、勐兴古、勐兴色四个部落政权联合,重建勐卯果占壁王国。蒙古至元十三年(1276年),元朝廷于澜沧江以西设置六路军民总管府,勐卯被建为麓川路,以国王芳罕为麓川路总管,后又赐封麓川路平缅宣慰使等官衔。元至大三年(1310年),混依翰罕登上勐卯王位,以猛虎曾越过头顶而自号"思汉法"(意为虎天王)。元至元六年(1340年),思可法继任勐卯王,不断征服周边地区,建立了强大的"麓川政权",但傣语仍称"勐卯果占壁"。勐卯果占壁王国经历了鲁赖、混等、雅鲁、思氏四个时期,历时881年。

纵观历史典籍,古时的勐卯历史悠久、文化灿烂、民风浓郁,是傣文明的摇篮。据考古发现,早在4000多年前,就有傣族先民在今瑞丽江河谷平原繁衍生息。从前425年达光王国开始,历经达光王国、果占壁王国、勐卯衍氏土司三个历史阶段,共1900余年。达光王国是傣族历史上的第一个统一政权,始于前425年,止于公元586年,共1011年。勐卯河谷平原

雷允出土文物
（1990年）

的傣族部落是达光王国的重要组成部分。西汉时把达光王国称为"乘象国"，东汉时称为"掸国"。

勐卯果占壁王国是在达光王国的基础上，同时也是在"南方丝绸之路"的带动下，建立起来的傣族政权。由于它的王城一直建立在勐卯河谷平原，因而人们将其称为"勐卯果占壁"（意为盛产香软米的勐卯），简称勐卯国。

地质工作者曾在瑞丽南菇坝发现上万年的古人类牙齿化石，考古工作者曾在芒约发现新石器时代遗址。它表明早在4000年前，瑞丽地区就有人类繁衍生息。据傣文史籍《嘿勐沽勐》记载：周显王五年（前364年），傣族先民就在今瑞丽江河谷建立了勐卯果占壁王国，建雷允城，遗址至今尚存。它在东汉属永昌郡哀牢县，唐宋时隶属南诏、大理国管辖。蒙古至元十三年（1276年）置麓川路军民总管府。明洪武十五年（1382年）置平缅宣慰使司，明万历二十四年（1596年）建平麓城。《嘿勐沽勐》记载，傣历亥卯年（前364年），国王在罕萨（今喊沙）建立王城，国号"勐卯果占壁"王国，俗称"勐卯王国"。之后，将王城迁至达别（竹筏渡）。上述史料，在时间、地点和内容上都与司马迁《史记》中记载的"滇越乘象国"吻合。当代史家公认：西汉元狩元年（前122年），汉武帝派遣张骞出使西域探寻到的"滇越乘象国"就是"勐卯果占壁"。《史记·大宛列传》中载："然闻其西可千余里有乘象国，名曰滇越。"《马可·波罗游记》中的记录为"金齿国"。可见此时"勐卯果占壁"已勃兴。

这个地方割据政权于1448年覆灭。如今，瑞丽在复杂的历史掩映下，蕴藏了太多鲜为人知的美景。果占壁王国虽然早已不复存在，但瑞丽江水奔流不息，岁月无法湮没那段不寻常的历史。掀开勐卯的神秘面纱，瑞丽一跃千年，光耀华夏。

沉睡千年的傣王召武定古王城

在瑞丽，至今仍遗留十多处勐卯古王城遗址，尚存大量的傣文化遗迹。沿着这些遗迹探寻下去，你会感受到一个古老国度的兴衰更替所彰显的历史是多么厚重而又如此博大。在这些沉睡千年的古王城中，召武定王雷允古王城遗址显得尤其突出。傣族几千年的神奇在此演绎，拜谒古王城遗址，就好似拜见一个伟大不朽的王者。

雷允古王城遗址位于瑞丽市西南部的弄岛镇雷允村旁的一座山上。面积宽阔，站在雕刻有无数佛像的纪念碑前，看着召武定

雷允古城远景

王那英姿勃发的面容，以及天赐给他的那把琴，思绪奔腾，一个强大的勐卯帝国沿着时光隧道奔来眼底。雷允（傣语，意为"山城堡"）的召武定城池，有护城壕沟、王宫遗址、喃贺伦王后墓、铲人头坪等；姐东雷（傣语，意为"湖畔山城"）为混等王所建，可寻的遗迹有王宫遗址、护城壕沟、古榕树等。

　　关于召武定的身世，有着不少传说。据贝叶经《勐卯果占壁》和《召武定王》载，召武定的传奇身世非同一般。唐景龙三年（709年），葛拉叭王去世后，大臣们一致拥立葛拉叭王的儿子召武定继承王位。召武定的出身非常离奇。葛拉叭王的王妃耶嘎玛谢嬉怀孕后，身体十分虚弱，经常生病。有一天，王妃突然觉得全身发冷，颤抖不止，就像是染上了疟疾。宫女们赶快把她送上阳台，盖上最华丽的大红毯子，借阳光的温暖减轻她的痛苦。这时，一只正在天空盘旋的巨大而又凶恶的巨鸟，见到阳台上有一个红色的物体，便以为是可以充饥的食物，就一下子俯冲下来，迅速把王妃叼

走。巨鸟飞到一片遥远的森林中，在一棵巨大的木棉树上停留下来，把所衔的王妃稳稳当当地放在三个大枝丫上，准备动嘴啄食。这时，耶嘎玛谢嬉王妃刚好苏醒过来，一睁开眼，被此情此景吓得乱吼乱叫，拼命挣扎，吓走了这只凶恶的巨鸟。可是木棉树很高，她想了许多办法都无法下去，只得勉强依靠树上的野果充饥。日子一天天过去，耶嘎玛谢嬉王妃怀孕满十月后，在树上生下了一个男孩子，母子俩继续过着艰难的生活。

离这棵木棉树不远的地方，有一座古老而又深幽的山洞，里面住着一位叫嘎巴的修行僧。有一天，这位修行僧散步走到木棉树下，突然听到一阵婴儿的哭声。他顺着声音望去，发现了母子二人。这位修行僧非常惊奇，在这样的深山老林中，怎么会有这样的事情？他立即向树上的妇女探问究竟。只听树上的妇女说："我是果占壁国王的王妃，只因身体有病发寒发冷，在阳台上借阳光取暖，没想到昏睡时被一只

现雷允召武定奘寺

巨鸟衔来此地。巨鸟虽已被我吓走，但我无法从树上下去，只得在树上靠野果充饥，并生下了我的孩子。已经历了几十天的痛苦，恳请长老慈悲为怀，搭救我下树，我一定感恩不尽。"修行僧嘎巴十分怜惜和同情王妃的遭遇，就回去拿了一把锋利的砍刀，砍了根很长又留有枝丫的树干，靠到木棉树上当作梯子，让耶嘎玛谢嬉王妃抱着儿子顺着树梯下到树下，并带着母子俩到山洞里落脚。耶嘎玛谢嬉王妃向他打听果占壁的路程，修行僧嘎巴告诉她说："这里离勐卯有几次月圆和月缺的路程，即使要走出这片森林，至少也得走十天半月，而且沿路毒蛇猛兽经常出没，无法通行。"回去的希望已经破灭，王妃只得留在嘎巴处居住，和嘎巴共同抚养这个孩子。日久生情，嘎巴还俗后和王妃结了婚，两人幸福地生活在一起。

为了纪念这次脱险，他们给孩子取名为混相武。"混相"意为公子，"武"意为福禄。王妃每天陪着嘎巴到山沟里汲水，到附近找柴，到深山老林去采摘野果和野菜，三个人的生活倒也能够勉强维持，其乐融融。

光阴似箭，日月如梭，转眼间混相武已经长到了十四五岁。一天，天神混相英突然飞临他们三人的住所上空，给混相武赠送了一把非常神奇的琴。只要用这把琴弹起乐曲，远近森林的野象

雷允古城遗址——壕沟

雷允古水井（现已毁坏）

就会非常驯服地聚集到琴边听琴主人使唤。混相武自得了这把神奇的琴后，许多野象都会来和他交朋友，并且听从他的指挥，忠诚地为他服务。不久后，混相武终于在一群大象的帮助下，回到了首府勐卯。这时，他的父王葛拉叭已经去世，在混干、波勐等大臣的扶持下，混相武继承了王位，果占壁王国更加兴旺发达，人民把他称为召武定。

召武定所处的历史朝代有着几种不同的说法，其中民间广泛流传的时间为距今3000多年前。时间上的误差有待进一步考证，但这并不影响这位傣族创世英雄人物的真实存在。正是他雄才大略，东征西讨，统一该地区的各个部落，组成了部落联盟，并建都城于雷允，傣族人民才拥有了自己的美丽家园。雷允城旧址依山就势而建，占地近12万平方米。时至今日，遗址核心区内的壕沟依然清晰可辨。1985年2月，雷允村群众在此为召武定修建了塔形陵墓。1989年4月，瑞丽县政府将其列为第一批文物保护单位。雷允城遗址一带于1990年5月考古发掘出一批新石器时期和战国时期的陶片、玉镯残片等器物。穿越时光隧道，我们又回到了数千年前的勐卯古地。站在王城下，人们的思绪不禁飘向千年前的古国，仿佛看到召武定肩负振兴民族的重任，弹琴驱象，纵横捭阖，还有诸多惊心动魄的场面，召武定因而被傣族人民称为"圣祖"，傣族人民的精神力量得到空前的凝聚和升华。

自召武定首建都城于此，雷允数次为傣族王国重镇或国都，记载着漫长的傣族历史文化发展历程，遗址的考古及发掘利用价值难以估量。我们不能忘记，"勐卯"作为一个民族文化品牌，应有更大的发展潜力和空间。千年雷允，是一座等待保护和开发的历史文化宝藏，也是勐卯历史文化的重要组成部分。作为傣族千年古都遗址和"圣祖"陵地，开发保护遗址显得尤为重要。

❶ 原雷允古城旧址，现为召武定纪念塔
❷ 雷允涧混鲁王宫遗址纪念房内景

映现在贝叶经上的历史：一个王国的背影

傣族历史的演绎，写在了贝叶经上，勐卯王国的背影如烟。

由于思任法"尽复祖先故地"政策，"数侵扰各地"，不断向周边扩张，麓川政权与中央皇权的冲突加剧。思任法于明永乐十一年（1413年）承袭王位，明正统十一年（1446年）被缅王擒获交予明军，两年后在明军归途中绝食而亡。《明史》记载他"雄黠善用兵"，"狡狯愈于父兄"。其实，在思氏王朝的几位国王中，思任法可谓志向远大、抱负宏伟，然而他最终非但没有像祖先思可法一样成就一番"霸业"，反而成了亡国之君。

思任法励精图治却惨遭失败的背后，隐藏着诸多秘密。事情首先得从"麓川析地说起"。明洪武三十年（1397年），刀干勐借口思混法给予僧侣和能制造火铳火炮的金齿人过高的地位，组织大军攻陷勐卯城，将思混法驱逐到昆明。思氏王朝辖下各"陶勐"开始闹独立。就在这一年，湾甸（今昌宁）陶勐刀景法私自到昆明拜会西平侯沐晟，请求归附，三年后得到批准，脱离勐卯成立湾甸长官司衙门，自己出任长官司长官。

明洪武三十一年（1398年），就在明王朝送思混法回勐卯的同时，威远（今景谷）招鲁刀算党也前往金齿请求归附，明王朝很快便答应授予他知州官衔，并命其回去立即开设知州官府。明建文三年（1401年），明王朝才授予刀算党威远州知州一职。次年，与勐卯相邻的木邦和勐养也被批准授予知府之职，从此脱离勐卯直接归附明王朝。几年时间，北起潞江（今芒市），东至镇远、者勒甸、景谷等地，南到勐连、勒宏（今临沧），东北包括干崖、南甸、腾冲等地，以及南方的木邦，西北的勐养，都已脱离勐卯管辖，相继被明政府统辖。设置不同等级的首府，直接听命于明王朝，勐卯基本被分割完毕。麓川思氏王朝的领地基本只剩瑞丽、陇川、芒市、遮放等地。

这就是思任法正式执掌政权之前勐卯国的现状。所以说，思任法承袭王位，其实是捡了个烂摊子。而且这个烂摊子还在扩大，很不好收拾。为什么不好收拾？因为明王朝风头正盛。

当时麓川的大小世袭土官，都是有土地有人民的主。为了保证自己的既得利益或借助外力实现自己的利益，他们都乐于寻求强大势力作为"保护伞"。而明王朝此时又采取极为宽松的统治政策，允许土官只改变官职名称而保存世袭领地和人民，后来甚至还允许他们增添土地，这就等于支持和鼓励土官叛离勐卯，因此脱离勐卯也就顺理成章了。

其实早在明军进攻云南之时，明王朝就开始试探性地推行了"分而治之"的策略，悄然瓦解麓川领地，勐卯衰落不过是早晚的事情。思家做任何事，都要冒巨大的风险。思亨法在位十四年，对明王朝唯唯诺诺，结果年年失地。思任法却不能不冒这个险，担忧长此以往，思氏王朝恐怕连立锥之地也没有了。明永乐十一年（1413年），在思任法被承袭平缅军民宣慰使司后，一面以六头大象、百匹骏马及金银器皿等物进京疏通关系，一面整顿内务，集聚粮饷，养精蓄锐，组织军队夺取被南甸侵占的土地，打响了"尽复祖先故地"的第一枪。

贝叶经

　　明宣德三年（1428年），思家军长驱直入，一举攻占腾冲、潞江，占领了明王朝用于监控麓川的腾冲、金齿两千户所。金齿千户刀不浪班归附。此时由于明王朝"刚用兵于交趾和四川，只命云南土官军和木邦军讨伐"，思任法占得先机，转而发兵向伊洛瓦底江征讨各自为政的小土官，轻而易举地恢复了对勐养的统治。此后，木邦、缅甸各家纷纷上告思任法侵地。明正统三年（1438年），黔国公沐晟上奏朝廷征讨思任法。思任法知道后，立马派人进京上贡，多方周旋，希望明王朝能"宽宥"。但明王朝最终还是调剂了四千贵州兵、两千土官兵会合云南官军与木邦军，由沐晟节制，出兵征讨麓川。

　　自知大战难免，思任法只得加派军队到芒市西岸建筑强大工事。第二年初，沐晟大军到来，右都督方政渡江深入潞江西岸作战，结果全军覆没，沐晟因"不能救"，只好撤回保山。趁着这个机会，思家军一鼓作气，攻打勐濑，杀大侯土官后，又于景谷大战威远土官刀盖罕，基本上恢复了对勒宏的统治。两年之后，明帝升沐晟之子沐昂为左都督，佩征南将军印，统率云南官军和木邦土兵进驻南甸、陇川、芒市，准备再次征讨麓川。结果，因左参军在芒市指挥失误打了场败仗，而不得不撤退休整。消息传到京城，明帝大为愤怒，立即敕谕沐昂，沐昂芒市大败，官职被连降三级，便对麓川耿耿于怀。恰好这时，十来岁的明正统皇帝召集大臣商量麓川征抚之事，沐昂便上书申请第三次征讨麓川。明正统六年（1441年）正月，明王朝命蒋贵佩平南将军印，统总兵官，由兵部尚书兼大理寺卿王骥总督兵务，统率大军征讨麓川。蒋贵、王骥接令后，即刻"兵发十五万，转饷半天下"，同时给木邦、车里、缅甸、孟良、威远各长官司信符，号令其自备象马、粮草，发兵二十万，合剿麓川叛寇思任法，与大军克日分头间道行进，大军则从金齿、腾冲、潞江、景东诸道速进，开始大举讨伐麓川。

据《明史纪事本末·麓川之役》记载，明正统七年（1442年），云南兵部尚书兼大理寺卿王骥、总兵官定西侯蒋贵拔下思任法上江据点后，"以夹象石渡下江，通高黎贡山道，闰月初至腾冲，留副总兵都督同知李安领兵提备"，两人继续由南甸罗卜思庄，指挥八千精锐部队至木笼山作战，杀靠者、罕心，最终将思任法逼回勐卯城内。

明正统七年（1442年）春天的某个晚上，西北风大作，明军把找来的山羊绑在数百条竹筏上，再在竹筏上点燃草堆，于勐卯城上游的瑞丽江中泛流而下。顿时，火光冲天而起，山羊凄厉的惨叫声铺天盖地，明军又从四面八方攻来，勐卯城内一片混乱，很快便被攻陷了。士兵们搜到了明王朝赐予思任法的虎符、金牌、宣慰司印等物，却得知他已带着家小渡江从小路王城坡奔勐养而去。

王骥班师回朝不久后，木邦、缅甸上京报告思任法去向，并表明愿意效力捉拿，顺便提出了"分地"之类的要求。明正统皇帝敕谕沐昂，说木邦、缅甸如果真能生擒思任法来，就答应把麓川的土地和人民给他们管辖，同时让沐昂督促罕盖法，联合干崖、南甸等处士兵，攻打"复据麓川者蓝地方"的思机法，悬赏90个城镇活捉思任法。

明正统八年（1443年），罕盖法的儿子罕和法在缅甸抓了思任法，囚于阿瓦城，然后写信告知沐昂，要求明军出兵与他一起攻打思机法，"取勐养与之，然后解发"。罕和法的狼子野心昭然若揭，但明王朝一点办法也没有，只好答应派兵。从此，勐卯大地军队摩擦，领土纷争，缅甸、木邦势力不断强大，西南边陲更不得安宁，最终使伊洛瓦底江以西"逐渐不得过问"，江以东也不断地被蚕食，直至形成今天的边境格局。

两年以后，缅王将思任法交给明军，思任法最后绝食离开人世。他的死，为勐卯果占壁王国画上了一个不算完整的句号，留下一个王朝的背影。

古国神秘面纱

在遥远的勐卯地域，绵延横亘的群山阻断了许多被视为现代文明的生活方式，保留了信息时代依然没有遭到彻底破坏的那份宁静。在乘象国文明延续的更多生存密码中，未知的甚至让我们无法破解的东西还有很多，有待我们在未来的日子里去发现、去探索。

揭开乘象古国的神秘面纱

与我国最早有交流的域外文明大国是印度，在古代称为天竺、身毒。中国与印度的交通有三条道路：南海道、西域道、蜀身毒道。蜀身毒道即由四川到印度的通道。现有的史料已经证明，蜀身毒道是我国与印度交通往来最早的道路，其时间在西域道之前。

张骞奉汉帝之命，取道西域，到达中亚。这是见于历史记载的中外交通的首次旅行，这次出使打通了中外交流的西域道，写下了光辉的一页。张骞回国后，向朝廷上书说："臣在大夏时，见邛竹杖、蜀布。问曰：'安得此？'大夏国人曰：'吾贾人往市之身毒。身毒在大夏东南可数千里，其俗土著，大与大夏同，而卑湿暑热云。其人民乘象以战，其国临大水焉。'以骞度之，大夏去汉万二千里，居汉西南。今身毒国又居大夏东南数千里，有蜀物，此其去蜀不远矣。今使大夏，从羌中，险，羌人恶之；少北则为匈奴所得；从蜀宜径，又无寇。"（《史记·大宛列传》）张骞在大夏（今阿富汗）了解到的蜀身毒道，显然早于他首次开通的西域通道，只是由于没有官方的参与而完全是由民间开通的，所以不见于记录。现在中外学者都一致认为，蜀身毒道是中印间有交通往来最早的一条道路。

另外，中印之间的文化交流开始得也较早，有着悠久的历史。印度《罗摩衍那》是前3世纪在古代歌谣的基础上形成的史诗，所记叙的罗摩故事出现于前4世纪。《罗摩衍那》第四卷《猴国篇》中第四十二章第十二节就有关于支那和支那人的记载。"支那"是梵文cina的音译，所指为中国。另一部史诗《摩诃婆罗多》的成书时间虽然比《罗摩衍那》晚，但其核心故事却比《罗摩衍那》出现得早。这部史诗的第二卷《大会篇》第二十三章第十九颂中也出现"支那"这一名称。

中国是世界上最早生产丝的国家，丝很早就传入印度。古印度考底利耶著的《治国安邦术》有这样一句话：出产于支那的成捆的丝，贾人常贩至印度。印度人一想到中国就想到丝，一想到丝就想到中国。可知丝是从中国传入印度的。考底利耶据说是孔雀王朝月护王的侍臣。如若《治国安邦术》确为他编著，那么至迟在前4世纪，中国丝已经传入印度。

战国时，秦楚争霸，西南夷是它们争夺的重要对象。秦惠文王九年（前329年），秦惠文王遣司马错伐巴、蜀。秦昭王三十一年（前276年），庄蹻循长江而上，到巴蜀转向黔中以西，进入滇池地区，以武力征服滇部落。秦昭王四十九年（前258年），秦蜀守张若夺取西南一些地方及金沙江一带。庄蹻、张若经西南夷地区，是循巴、蜀、楚贾人入滇的商道而来，这条商道即称"蜀身毒道"，到张骞发现这条道路时，已存在了两个世纪。可见我国西南各民族最迟在前4世纪已与印度等南亚、东南亚国家有经济文化方面的交往了。

蜀身毒道，以蜀为起点往西南出邛（西昌）、僰（宜宾）至

滇，经滇越（腾冲）和德宏出缅甸的敦忍乙（太公城）至曼尼坡入印度。在西南地区，由五尺道、灵关道、永昌道三条道连接起来。

永昌道，即从蜀出发经僰（宜宾）、朱提（昭通）到滇池的五尺道，向西到叶榆（大理），经博南（永平）到永昌（保山），从滇越（腾冲、梁河）出缅甸，这条道称为永昌道。见于《史记·大宛列传》载："然闻其（指昆明诸部落）西可千余里有乘象国，名曰滇越，而蜀贾奸出物者或至焉。"《三国志·魏书》载："在天竺东南数千里，与益部相近……蜀人贾似至焉。"《华阳国志·南中志》说："身毒国，蜀之西国，今永昌是也。"永昌、滇越辖各部落包括今德宏等地或其后的土司制，其民善驯象，并能征战、犁田、驮运。可见当时瑞丽与中原、蜀地以及缅甸、印度等在交通、贸易方面已成必经之地。其中永昌、滇越勐卯成为重要门户和交流的关口。

古代关于永昌道有不少记载，且多突出其险阻难行。当时的商贾有歌谣说："冬是欲归来，高黎贡山雪。秋夏欲归来，无那穿腋热。春时欲归来，囊中络赂绝。"另外，僧人也有一些记载，玄奘《大唐西域记》、义净《大唐西域求法高僧传》、樊绰《云南志》等都有关于蜀身毒道的记录。在这条古道上，虔诚的僧徒、谋利的商贾、勇敢的旅客、无畏的行人越过千山万水，抵御着烟瘴毒气，频繁地进行着中外经济和文化交流。

历史总是永恒的一个瞬间，没有历史沉淀的地域是苍白的。在遥远的勐卯地域，因为绵延横亘的群山，阻断了许多被视为现代文明的生活方式，保留了信息时代依然没有遭到彻底破坏的那份宁静，乘象国文明延续更多的生存密码中，未知的甚至让我们无法破解的东西还有很多，有待我们在未来的日子里去发现、去探索。

静静伫立着的瑞丽老城子：平麓城

明万历二十二年（1594年），云南巡抚陈用宾为加强云南边防守备，防止缅甸入侵，奏请皇上诏准，德宏三宣地设置八关、二堡，设蛮哈、陇川守备以戍缅，议设屯田，以资防御。这八关就是神护关、万仞关、巨石关、铁壁关、铜壁关、虎踞关、汉龙关、天马关。其中后三关在勐卯一隅，离勐卯最近。八关建立后，缅军数次攻打八关，都被有效抵御了回去。在修筑"天马"和"汉龙"时，叛投缅甸的原勐卯同知多俺还曾"杀天马汉龙两关工役"，但也没有阻止两关的建成。为更好抵御缅军的侵略，陈用宾又在原麓川重镇勐卯修筑了平麓城，平麓城自此成为勐卯著名的历史古城。

陈用宾还在瑞丽边境一带大量"兵屯"。"兵屯"即军屯，是我国古代屯田制度中的一种。明朝入滇大军在平定战乱、镇守交通要道的同时，为减轻朝廷负担，缓和军需后勤供求矛盾所采取的措施。这种措施可以让驻军中的部分将士就地安家，不再随军调动返回中原。这些"屯田"的兵士自此一手拿枪，一手握锄，"三分耕种，七分操备"，有战打仗无战务农，以兵养兵自给自足。陈用宾在瑞丽边境一线开展军屯，原先的出发点主要是为解决边地驻军粮食供给的问题。在原麓川"三宣"的辖区领地之内的田地，都属于当地农民供给土司衙署经费和徭赋的领地，因此没有更多的余田供应营兵来耕种。于是陈用宾就组织驻军士兵大规模开荒种田，以此解决驻军种植粮食的田亩供应难题。万历二十四年（1596年），陈用宾奏请筑平麓城于勐卯南淘，建兵备道公署于腾越。多年战事不断，饷费不济，转输米石价至十金，为减少费用开支，陈用宾决定以官银买田，令原主耕种，供应军粮，因勐卯一带土地肥沃，陈用宾便奏请以营兵驻守勐卯，大兴屯田。

明初的屯田，除了军屯，还设民屯。民屯多为移民屯田。其原则是移窄乡就宽乡，也就是从人口稠密、土地少的地方移民到人口

瑞丽原平麓城城墙

稀少、土地宽广并大量荒芜的地方去垦荒屯种。这种移民是强制性的不自由迁徙，其范围包括贫苦百姓、谪戍、充军，以移江南富豪充实云南边境。

平麓城四周，稻田犹如棋盘似的整齐，官兵们屯垦繁忙，巡抚陈用宾、永昌同知漆文昌、腾冲指挥使陈于陛及把总沐昌祚与甸头们来回巡视着。滇西德宏共八关九隘，设八关后两年，又设二十二军屯，名曰甸。甸头们对勐卯二十二屯的甸名倒背如流，这些甸名为：天成甸、地平甸、元运甸、黄裳甸、宇安甸、昼宁甸、洪福甸、荒丰甸、日升甸、月恒甸、盈谦甸、艮中甸、辰拱甸、宿明甸、张翼甸、寒暄甸、来远甸、署清甸、往顺甸、秋有甸、功放甸。"古者寓兵于农，无事则耕，有事则战。因为旋师之后，去兵则后患可虞，留兵则挽运难继，缓择边鄙要隘之地以为屯田，而以兵戍之，且耕且食，以为民卫。"这些屯田由把总沐昌祚领有，每甸都有甸头管理，其收储供支属抚夷同知经营。明末同知驻勐卯城，屯粮归军民总管府征收。

伴随着大规模的屯田运动，又一批将士留守屯垦于瑞丽。

同时，大批腾冲汉族开始向南甸、勐卯一带迁移，而且逐年增加。清乾隆三十四年（1769年）起，绿营兵分防布置，在陇把先设守备，后设左营，又于山险路僻之处设户撒分防，从而达到以屯养军的目的。与此同时，内地之人，或逃亡，或经商而来者亦不少，他们往往流落至此，人地既熟，择邻而居，娶妻置产，渐成村落。

屯田举措为解决边地驻军粮食问题发挥了重要作用。直到明万历末期，瑞丽一带的屯政才废弛，后来寒暄、署清、秋有、功放等四甸沦陷于木邦。自从陈用宾设八关后，有效地防止了缅甸的入侵。但由于明驻军主要驻守在八关以内，对八关以外地区的防守基本上是鞭长莫及。

史书是这样记录修筑平麓城这一段历史的："平定叛乱后，战争创伤久久未能抚平，至康熙二十年（1681年），本朝恢复滇省兵

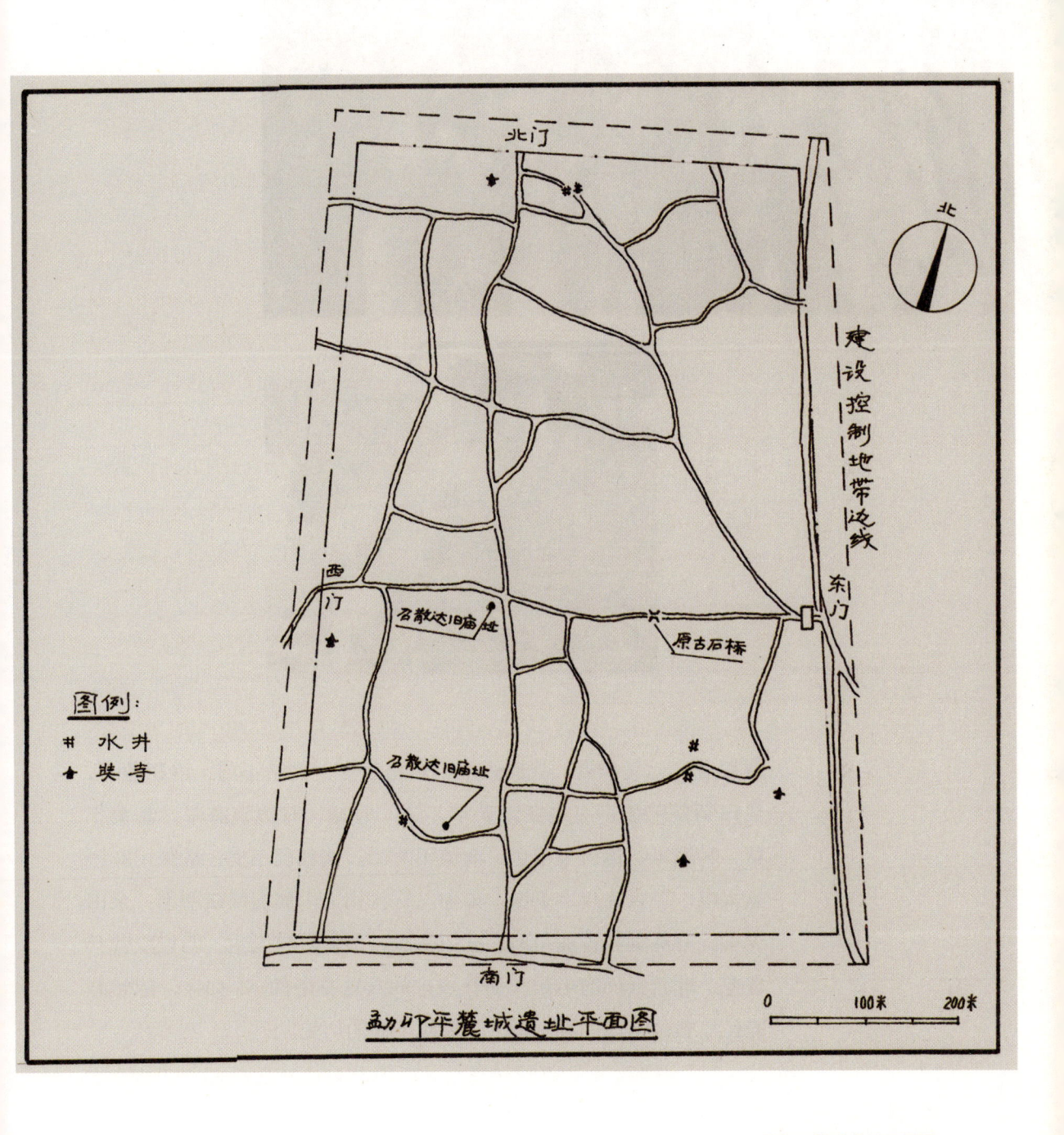

勐卯平麓城遗址平面图

燹之余，元气未复，载册银来，寅拖至卯，完纳不前，堆积盈万，名曰新荒陷累，卫主征比无术。这一时期，时边事旁午，饷费不赀，转输米石运价至十金，而值不与焉。诸郡邑不支，故陈用宾锐意兴屯。三宣陇川、干崖、南甸三官抚司之内属夷徭赋所出，余田无多，只有勐卯古麓川地，阡陌膏腴，多俺既死无主，乃议以营兵任屯，非营兵而愿屯田，便让戍守的兵食有所仰。"如今，依然静静伫立着的平麓古城，记下了那段不泯的历史。

❶ 平麓城四隅榕树中所存的古城砖
❷ 平麓城南门城墙遗址

与南诏国联姻的勐卯果占璧

　　对云南古代历史影响最大的地方政权莫过于称雄600余年，跨越唐宋两代的南诏国、大理国。南诏与中原文明交往极深，汉化程度极高，文明空前繁荣，基本奠定了古代云南文化的发展基础。洱海地区成为南诏的割据中心。在唐朝的支持下，唐开元二十五年（737年），南诏首领皮逻阁先后征服了洱海流域诸部，平灭了其他五诏，统一了洱海地区，并正式臣服于唐朝。唐玄宗"念其地悠远，彩云之南"遂晋封皮逻阁为"云南王"，赐姓"蒙"，名"归义"，皮逻阁成为云南历史上第一个以"云南"为名号的统治者。南诏兴圣元年（930年），杨干贞的位置被其弟杨诏所篡，杨诏得位后，改元"大明"。段思平随即向东方的黑爨三十七蛮部借兵，会于石城，以董迦罗为军师进攻杨诏，所向皆克，遂进攻大理。杨诏兵败自杀，杨干贞知道兵败消息后弃城而逃，为段思平军所擒，大义宁国灭亡。大明七年（937年），段思平即皇帝位，改国号"大理"，建元文德，仍定都羊苴咩城。

　　史上，南诏国与勐卯古国建立了亲密的联姻关系。据《勐卯果占璧简史》记载，唐开元十八年（730年），勐卯姐东村的一户农家生下一个儿子小岩，长大后在村边的等晃大龙潭边放牛，与龙王公主相爱，生下一个儿子名叫混等（意为"龙潭公子"）。传说，当混等长到16岁时，南诏国传来一条特大新闻，南诏国王的公主巴帕娃蒂已满15岁，长得花容月貌美若天仙，倾国倾城。从曼果地方起所有远居近邻的许多小邦国家的首领为了巴结南诏王，都准备了丰厚的礼物去向南诏国王求亲。南诏王阁罗凤在皇城外的洱海边为公主巴帕娃蒂招亲的事传到了银云瑞雾的勐卯国。他们把公主安置在海心岛的宫殿中，提出不分民族、不分官民，只要不使用桥梁、船筏或凫水进入海岛宫殿的第一人,即可成为南诏王的东床快婿。无数王子和年轻人都集中到洱海边,可谁也无法进到海心宫殿。混等也前往应召,并在龙母的帮助下踏着水面进了海心宫殿,与公主一见倾心。于是南诏王龙颜大悦,下诏择定黄道吉日,为混等与公主举行婚礼,把混等招为南诏王的驸马。后来,南诏国王正式册封混等为"勐卯王",诏令其管理所有傣族居住的地方,南诏国王亲自率领皇亲国戚、文臣武将,以及不少工匠、百姓和卫队,组成一支庞大的送亲队伍,浩浩荡荡,送混等夫妇回勐卯继任勐卯王位。到了勐卯果占壁举行完登基仪式后,皇帝又命随行的工匠、百姓和军队,限期为混等在勐卯等贺(瑞丽老城以南3公里的姐东峡村)这个地方修建了雄伟的勐卯果占壁王宫和王城。等一切安排妥当后,南诏王才携王后及文武大臣们班师返回王城。此后,南诏国与勐卯果占壁王国的国王事实上已经成为翁婿国的关系。南诏王皮逻阁早在761年就封授勐卯果占壁王混等为管理整个傣族地区的"勐卯王",同时也把"勐卯王"混等列上了南诏国"大将军"的官衔,享受较高的待遇。

南诏国与勐卯国联姻实际上是一种政治婚姻,这是双方的政治、军事和经济的需要。760年召武定去世后,他的儿子继承王位,但平庸无能,无法有效治理国家。两年后,勐卯果占壁王国各地的"召勐"各自称雄,纷纷脱离国王领导,致使勐卯果占壁王国四分五裂。在群雄争霸的激烈斗争中,以当时勐卯坝子姐东的"召勐"混等势力最大,相继打败了勐卯各地召勐,成为当时勐卯果占壁王国的霸主,于是各地召勐便拥立混等为勐卯王。从南诏国方面来说,唐开元二十六年(738年),南诏王皮罗阁在唐王朝支持下,经过几年征战,在驱除吐蕃势力的同时统一了六诏,建立了南诏统一政权,并于739年正式把太和城定为南诏国都城。南诏国的建立,同时也成为唐王朝抗御吐蕃的西南屏障,对加强唐朝西南边防具有举足轻重的地位。后因云南太守张虔陀诬陷南诏王皮罗阁谋反,唐玄宗李隆基偏听偏信,派大军征讨南诏,皮罗阁迫不得已背弃唐朝投向吐蕃,遂发生了两次"天宝战争",结果唐军战败,南诏和唐朝的关系跌入谷底。"天宝战争"后,南诏为稳定西南边境,保障蜀身毒道的畅通,促进南诏与缅甸、印度、欧洲等国家和地区的经贸往来,阁罗凤于762年亲率大军征讨西南,采取

"刊木通道，造舟为梁，耀以威武，喻以文辞，降者抚慰安居，抵捍者系颈盈贯"的策略，一举征服了永昌府及伊洛瓦底江流域的各个部落，"开辟了寻传地区，安抚了傣族地区，也沟通了西南缅甸境内的骠国"。

混等统治的果占壁王国傣族地区，是蜀身毒道的必经之地。因此，基于政治、经济、军事等方面的考虑，南诏王阁罗凤有意与勐卯国王混等联姻才是真。作为勐卯国王混等来说，面对南诏大军的逼近，如果坚持抵抗南诏西征大军的话，一定会落得个"抵捍者系颈盈贯"的结果，到时国家遭到灭亡不说，自己的性命也难保。若主动归附南诏，南诏王一定会按照"降者抚慰安居"的承诺继续让自己当勐卯国王。经过权衡利弊，为了保境安民，让百姓免遭生灵涂炭，勐卯国王混等在南诏西征大军尚未到达勐卯之前，就主动遣使者前往南诏国都太和城向南诏王阁罗凤称臣纳贡，此举受到阁罗凤的赞赏。南诏王阁罗凤与勐卯王联姻，纯属相互牵制、相互利用，有了南诏的保护，勐卯王得以不断发展壮大。

混等与南诏公主联姻后，在南诏国的庇护下，南方的骠国与勐卯长期和平共处，还派出使团经勐卯出访南诏国，甚至前往唐朝首都长安进贡和献乐。对于南诏国来说，由于西南边疆地区的和平与安定，有力促进了南诏与勐卯、骠国、印度及欧洲的商贸往来。南诏王室还在紧接勐卯之北的伊洛瓦底江上游的恩梅开江一带进行大规模的黄金开发。勐卯近水楼台先得月，成了"南方丝绸之路"繁荣和黄金开发最早、最直接的受益者，经济文化迅速发展起来。

但是，在混等受封"勐卯王"王位33年、傣族"大将军"29年后的794年，即唐德宗贞元十年，继任的南诏王异牟寻在设置新的南诏国行政区划时，却又把勐卯果占壁王国所管辖的整个傣族地区割裂为三个节度使进行管辖。这也许就是最早开创土官与流官结合统治一个地区的行政管理模式的先例。

边屯丽影下的勐卯衎氏土司

"三征麓川"后，明王朝重新调整了这一带的土司，先后于明正统八年（1443年）置芒市长官司，次年置陇川宣抚司，同时升南甸州和干崖长官司为宣抚司。这些土司都是原来麓川土司勐卯果占壁王国的大臣，因反叛麓川、随明军征麓川有功而得到晋升。尔后，又从干崖宣抚司中分出盏达（莲山，德宏解放后一度设置莲山县，1958年10月并入盈江县）为宣抚司；从陇川宣抚司中分别析出遮放设副宣抚司、勐卯置安抚司，升芒市为安抚司等，并分封当地傣族上层人士为各土司区的世袭长官，世守其土，世管其民。

在此前提下，勐卯安抚司及衎氏司官的传承统治便从此开始。勐卯安抚司，是继勐卯果占壁王国和元、明王朝设置的麓川、平缅军民宣慰使司思氏政权之后，明朝廷在勐卯地区建立的又一个土司政权机构，其掌权司官已由思氏变为衎氏。

据《明史》和有关傣文史籍记载：明军第二次出征麓川，渡过瑞丽江，攻占者阑（姐兰）城，摧毁了思氏在勐卯地区的政权，并革除了"麓川平缅宣慰使司"，以原麓川所属地陇把建陇川宣抚司，以宣抚司同知驻勐卯。但思氏并不就此结束，思机法率余部占领勐养继续称霸，沐国公以改"思忠"为"衎忠"，安插到勐卯。明设勐卯安抚司自此始，治所在姐告，后迁姐勒，1787年迁居汗允（即勐卯老城子）直至解放，衎忠为勐卯安抚司第一代土司；其后，衎氏世代相传，延至解放前夕的衎景泰，已传16代（不含2任代办土司）。

又据《新纂云南通志》《续云南通志》和《勐卯安抚司世系》等史志书籍的记载：勐卯安抚司，一世祖思化，勐密头目原是勐卯陶勐，授蛮莫（今缅甸八莫一带）安抚使；二世祖思正为缅所破，沐国公收养其弟，并取名衎忠（取其柔软而闪光似金铂之意，含有吉祥美丽的深意）。又因"衎"和"罕"二音相同，只是音译时写成不同的汉字傣族中衎、罕是同

勐卯土司残门

姓，被安插于勐卯，授安抚使职。这是明万历三十二年（1604年）的事，衍氏土司自衍忠始，世代相传，迄至1949年的末代衍景泰止，计345年。1955年，通过和平协商土地改革，取消官租、杂派、苛捐、杂税，彻底废除土司特权，从此结束了从元代至民国时期的勐卯傣族土司制度。

以上都以衍忠为勐卯安抚司的首任安抚使，并且为明朝的沐国公为其办理授封事宜及更名。1940年，芒市土司方御龙的四叔方克胜从内地深造学习回来，主动要求来勐卯当代办。而此时的刀京版只好同意引退，由方克胜接任勐卯任代办，代衍景泰行使土司职权。1942年5月，日本帝国主义侵占滇西领土，控制各土司；1944年日本溃败时，把芒市"三代办"方克光等带到缅甸，而芒市土司年幼，方克胜趁机依靠国民党军队的力量回芒市担任土司代办，被称为芒市"四代办"（因方克胜为方克光的四弟，故有此称）。方克胜走后，勐卯曾指

❶ 衍景泰（中）及家人（在其小夫人的家中翻拍）

❷ 衍景泰（在其小夫人的家中翻拍）

定过土司的几个叔父为代办，但都因能力低不能胜任，刀京版只好叫二弟刀保圉到勐卯协助代理政务，直到1945年1月日本溃败后刀保圉才回干崖，衍景泰才真正执掌勐卯土司大权，此时衍景泰24岁。解放后，衍景泰历任瑞丽各民族行政委员会主任委员、县长、保山专区联合政府副主席、德宏傣族景颇族自治区副主席。1957年5月，任德宏州副州长、云南省政协委员；1977年，任云南省五届政协委员会常委、全国政协委员及德宏州五届政协常委；1983年，当选为德宏州第八届人民代表大会常务委员会副主任。1985年11月7日，衍景泰病逝于芒市。

勐卯安抚土司虽然有末代安抚使时的内部倾轧，外姓人来任代办、行使土司职权的情况，但它的组织机构基本完整，有一套封建领主性质的管理和统治制度。据解放初期调查统计，勐卯土司署共有莽糯勐、龚府勐、弄养勐、恩平勐、法光勐、法国勐、保盖勐、法算勐、法酸勐、牙贺勐、弄荒勐、活盖勐等十二勐。准级有江准、贵准、法体准和瓦桐准等，其中江准管司署民政。印一级头人，在司署多半管司署的财粮、仓库、总管和催收封建地租。其中，洛印任司署总管。勐、准、印三级头人又多兼任农村波朗，大者管数畈，小者管小寨。他们除有职田外，还享受一定数量的薪俸。

勐卯土司衙门所在的勐卯城区，具体划分为东、西、南、北四片，每片都有一个勐级或者准级的"召法"任总管。东门片，由法国勐任总管；西门片，由法算勐任总管；南门片，为法围准，北门片为法保勐。四片中，东门片最大，下设五个滚贺（即头人）和万索等使唤人员，西门片和南门片各设四个滚贺、万索；北门最小，只设三个滚贺、万索。四面都有大门，昼夜按时开关，以敲锣为号，设有专职敲锣人员"腮"。勐卯安抚司衍氏除直接奴役居住在城内的百姓外，还占有芒喊、弄相、贺拉毛、帕色、姐岗等村寨。芒喊、弄相

两寨为土司守墓地、修理房屋，贺拉毛、帕色、姐岗三寨为土司割马草。

勐卯安抚司的农村划分为法破、贺弄、弄罕、屯江、姐东、姐相等十昑。各昑由土司委派管爷波朗掌管，均为衍姓属官。民国时期，法破昑的波朗为法国勐；贺弄昑的波朗为法保勐；贺派昑的波朗为法牙勐；雷允昑的波朗为召混勐等等。担任波朗的属官，除与昑头共同处理政务外，还要轮流到土司署值班，并向土司汇报所管昑内的情况。

辛亥革命后，勐卯安抚司直接归附腾越督办署，即云南第一殖边督办管辖，由督办颁发委任状。之后，又由云南第六区和第十二区行政督察专员公署管辖。民国初年，除土司政权外，又在勐卯设立弹压委员、行政委员；1932年改建为瑞丽设治局，在弄岛办公，与勐卯土司并存。行政区划除原有的昑组织外，又划分有乡、镇、保等组织。具体分为勐卯、弄岛二镇，姐勒、芒艾、姐相三乡，每乡又分为三保，镇长、乡长由土司委任，副职由设治局委派，乡、保都拥有武装，乡为乡丁，保为保丁。傣族的镇、乡、保长都由土司供给若干职田作为报酬。而设治局的经费，相当一部分也由土司署供给，这就造成了民国时期土流之间的矛盾，甚至械斗冲突。这种土流并存的局面，一直延续到1950年5月瑞丽和平解放；而勐卯安抚司，则一直保留到1955年实行和平协商土地改革，彻底废除官租杂派，取消土司、属官头人特权，土司制度才宣告结束。

衍国藩是衍衿将军的后人，为衍景泰的祖父

佛光映照下的古国神韵

穿越历史的层层迷雾,圣洁的瑞丽佛光依旧,一直在世人的前世今生里隐现。

金塔下闪耀的圣洁佛光

重振天地的傣家人早把瑞丽当作自己美好的家园建设、守护着,欢乐的舞蹈在金塔下像风飞舞像风飘动。云雾笼罩下的勐卯坝子如坐落于云端之上,其坝子有群山环绕拱卫,寺、塔、奘点缀其中,巍峨的奘房、洁白的佛塔、浓郁的傣乡风情便随阵阵风铃飘散弥漫开来。那祥瑞的佛光穿越千年历史惠泽傣家子民,万道金光从高空照耀瑞丽坝顶的分野里,飘动的白雾迟迟舍不得散开,熏陶和濡染着一座座圣洁的佛塔,金色的塔顶铜铃宝伞轻叩出悠扬的声音,远远望去如仙境般依恋难舍。静静地默立或驻足,你会发现这里如仙境一般充满神秘。缅桂花飘香的时节,整个坝子金黄一片,田野中成群的洁白鹭鸶四处飞翔,人们总有一种踏入仙境般的感觉缭绕心头。这个时候,一切都是金色的,连笑容也是金色的。在金色阳光的普照下,佛塔闪烁出万道金光,与响亮的象脚鼓、排铓、锣声混合在一起,所有的时光都是金色的,让人迷恋难舍。那飘摇

了千年的佛光如诗如画，引人遐思，与遥远的山色相映衬，人不得不在月光中，坐于大青树下，沿着葫芦丝、象脚鼓响起的地方寻找爱情的下落。花在水间舞，人在坝里行，再麻木的人也会被这里的田园风光弄得失魂落魄、痴情陶醉。

自然纯正的味道、纯朴自然的柔情，原来是出自瑞丽坝子的水土养育而成的花妖水怪。因为从她们山花般的笑容里，最先尝到了瑞丽蜜汁一般的芬芳。这里神秘的气息无不透露出傣乡特有的精神元素，令人向往，魂牵梦萦！

这里，佛塔林立，象脚鼓和葫芦丝的声音飘满江岸。一缕朝霞唤你起床，夕阳涂抹黄昏；一声鸡鸣为你开窗，

❶ 一塔佑两国
❷ 佛光

一缕清风给你送来清凉，一段葫芦丝乐曲为你舒展心房，一声和润温暖的问候向你送来吉祥的祝福，你就会深深地爱上瑞丽。因为瑞丽总给人带来意想不到的惊喜，因为瑞丽对人们来说永远是探寻不够的谜。瑞丽佛光会让你有一种宾至如归的感觉。

大等喊奘寺、姐勒金塔（广姆贺卯或瑞敏汶金塔）、万佛寺、金龟塔（广姆道罕或叫广姆卧岛）、鹦鹉塔（广姆罗秀）、雷奘相、弄安佛寺交相辉映，佛光普照。而瑞丽的佛塔，最著名的要数姐勒金塔，是瑞丽市具有悠久历史且远近闻名的金塔之一。此塔是在两千五百多年前，勐卯君主召武定执政时第一次建立的，后被毁五

一寨两国塔景

次，幸存的是第七次思南王执政时建立的，这第七次新建的塔又称为金熊宝塔。传说，瑞丽坝的傣族群众，在姐勒至坝尾弄岛一带，一连七天七夜看到塔的废墟处放射出夺目的金光。人们认为这是吉祥之地，就到放射金光的地方去挖掘，结果掘到了熊骨，人们确认它是释迦牟尼转生舍利，于是便捐款、献物，请傣族著名匠师、僧侣祈祷诵经，匠人群众净身，择日兴工动土，成了闻名遐迩的瑞敏汶宝塔。勐卯安抚使衎约法执政时（清道光年间）又加修一次。这座命运多舛的瑞敏汶金塔在"文化大革命"期间又被一炮夷为平地。直到党的十一届三

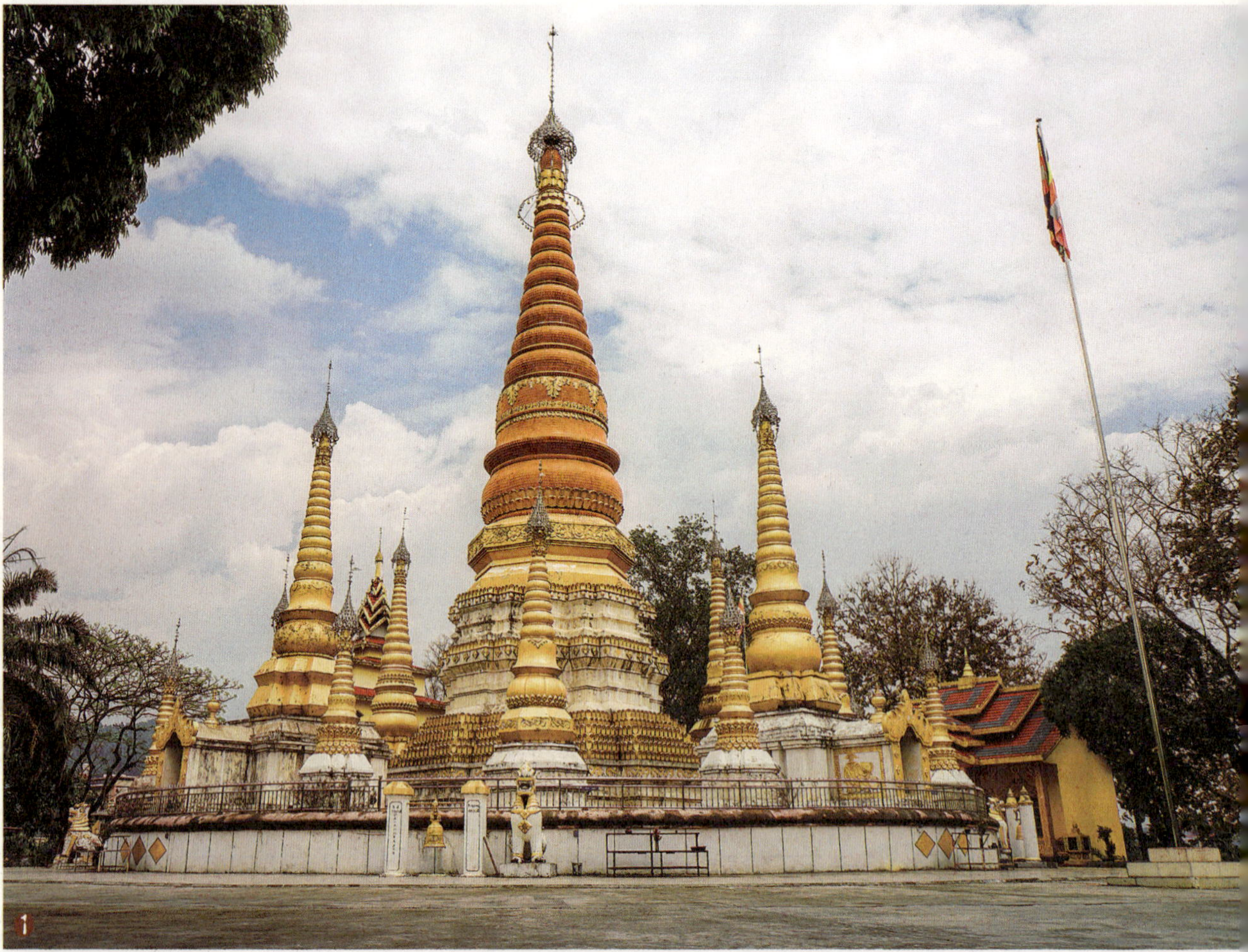

1

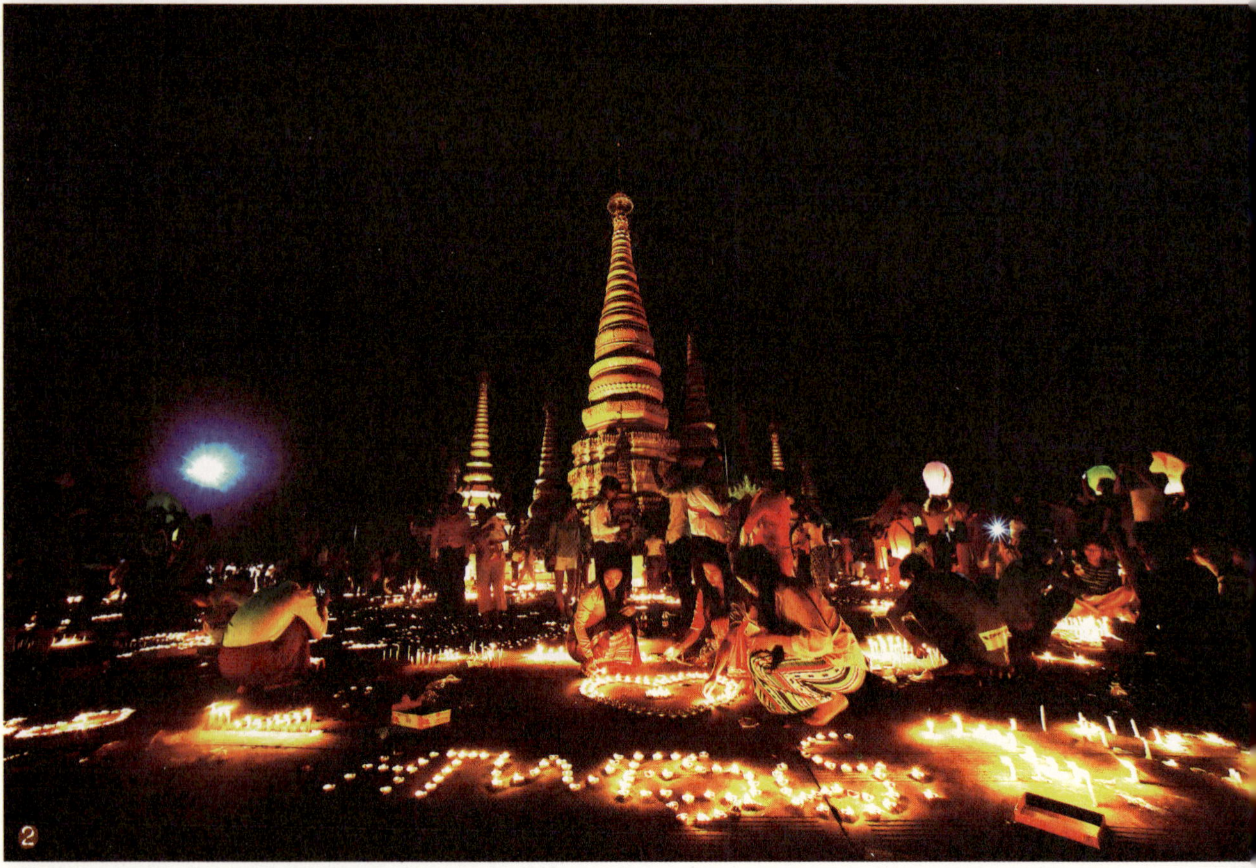

2

中全会后，瑞敏汶金塔才于1983年恢复了它的本来面目，来瑞丽的国内外旅游者都爱来瞻仰观光。1985年来德宏访问的泰国公主，还特地去朝拜该金塔。释迦牟尼的金熊转世，在佛经中有记载，后人还写成一本书，名《广母贺卯》。瑞丽深厚的文化底蕴，幻化于苍烟落照里，留给人的是回味和遐思，并随闪烁的佛塔之光升腾弥漫。雕栏玉砌应犹在，古老的勐卯虽已刻入历史的年轮，但圣洁的佛光与钟声没有遗落，缥缈着梦里的诸多虚幻，依然回响在宁静的勐卯大地，传遍祖国的四面八方。

神奇的"南方丝绸之路"

自古以来，瑞丽就是"南方丝绸之路"的要隘，更是德宏出入东南亚、南亚的重要驿站。瑞丽连接内陆，沟通海外，是"南方丝绸之路"不可多得的神性之地。

说起云南的国道，人们可能会想到近代的昆畹公路、大瑞高速或其他道路。那么，云南历史上的第一条国道是哪一条呢？追溯这个问题，历史的线索把我们带到两千多年前的岁月。秦汉以前，云南及周围分布着许多部落，较大的有僰（今四川南部、云南东北部）、夜郎（今贵州西部、云南东南部）、嶲（滇池以西）、哀牢（今保山地区），这些地方，秦汉时期称为"西南夷"。

公元前246年，秦王嬴政登上中国历史舞台后，进一步加强对"西南夷"的治理，向南方扩展统治势力。其重要的举措就是修筑"五尺道"，内地通云南的第一条国道。"五尺道"北起今四川宜宾，南抵今云南曲靖，全长两千余里，以道宽五尺而得名。实际上，在秦始皇即位前后，李冰驻蜀郡守期间，就已经开始在今川滇交界的僰道（今四川宜宾地区）开山凿崖，在十分艰难的

❶ 姐勒金塔
❷ 祈福之夜的姐勒金塔

情况下修筑通往滇东北的道路。秦始皇统一全国后，又派常頞继续修路，把道路修到曲靖附近。这条道虽然狭窄，却和当时其他地区的"驿道"一样，具有重要的政治意义和经济意义。

由于"五尺道"的修建，内地与云南的经济文化联系更加密切起来。西汉时期，汉武帝为加强治理西南，于元封二年（前109年）设益州郡，先后在云南境内设24县，到汉平帝元始二年（2年），中央王朝在滇西设置了叶榆（今大理）、云南（今祥云）等6县，设治范围达洱海地区，后又设永昌等郡县，扩大了云南的统治区域。西汉时王朝兴盛，疆域宽广，内外交往增加。古人从四川经今云南大理、保山、腾冲、德宏进入缅甸，再到印度、尼泊尔、阿富汗等国，这条道古代称为"蜀身毒道"。

"南方丝绸之路"的大体路线是在秦汉古道和蜀身毒道的基础上由各朝各代的各族人民开发形成的，始发地为成都。从四川入滇的道路除"五尺道"外还有两条，分水路和陆路两线南下：一条是"灵关道"。还有一条是"岷江道"。从宜宾转陆路入滇，以秦汉古道"五尺道"为体，其中经盐津石门关到昭通（朱提）的一段，又称"朱提道"或"石门道"。从昭通进贵州，过威宁又转回云南到达曲靖、陆良的道路，仍称"五尺道"。陆良以西到昆明、禄丰、楚雄的一段，又称"昆明道"，在祥云的云南驿，"五尺道""灵关道"终于汇合。两道汇合之后，经弥渡、巍山、大理、永平、保山、腾冲、德宏，一路西行到缅甸，因途经博南山而得名"博南古道"。"汉德广，开不宾；渡博南，越兰津，度澜沧，为他人"，《水经注》"渡兰津歌"对博南古道专门做这样的描述，足见其重要程度。走过有名的霁虹桥后，古道被称为"永昌道"，分为两条支线，一条到达腾冲，过猴桥进入缅甸密支那到达身毒；另一条沿大盈江南下，经盈江铜壁关至缅甸八莫，取伊洛瓦底江入海，经海路到印度。另有经大理入迪庆至西藏的"茶马古道"和由德宏瑞丽、陇川、盈江进入缅甸的古道。古道里的古镇，散发着古老的文化气息。凝聚着沿途人们的聪明才智，是智慧的结晶。商人多用丝绸等物资换回金、银、玉石等用品，因而被后人称为"南方丝绸之路"。我们知道，北方"丝绸之路"始于唐朝，而汉朝的"南方丝绸之路"要比它早两百多年。

有文字可考的历史是西汉时期，瑞丽已被称为"乘象之国"和"滇越"。那时，西汉王朝逐渐强大，逐步向"南夷"和"西夷"开发。西汉元狩元年（前122年），汉武帝刘彻派张骞出使西域归来，谈到在大夏地区发现有经过身毒（今印度）运来的"蜀布"，也就是四川产的麻布、邛竹杖，认为中国西部地区必然有通往印度方向的道路。于是，汉武帝决定派遣使臣去四川一带，考察通往印度的道路。这批使臣中的王然于、柏始昌、吕越等人经四川到达了云南昆明的滇池地区。滇人的首领尝羌友好接待了他们，帮助他们尽可能地寻找西去印度的道路。张骞手持节杖，穿过"博南古道"出使西域，这条路，千年之后得名为"南方丝绸之路"。

汉王朝一方面以滇之故地设立了益州郡，一方面又封其统治者为"滇王"。"滇"以西千余里，张骞指出，乃是"乘象国"，名为"滇越"，即今之德宏瑞丽一带。

秦开"五尺道"，把云南与祖国紧紧地联系在一起。汉朝的"南方丝绸之路"，打开了中国的大门，开创了云南对外交流的先河。如果说"五尺道"是云南与国内通联的开始，那么，"南方丝绸之路"就是走向繁荣发展的继续。"南方丝绸之路"，这条深隐于崇山峻岭之中，连接中原、西南和异域邻邦的交通大动脉，数千年来，尽管金戈铁马与刀光剑影在古道上时有上演，然而，其间的经济文化交往却从未停息。那古道上马帮的铃声与足音，那神奇的传说和故事，那绮丽多姿的风土人情，一直吸引着古往今来的王命使臣、有志壮士和文人墨客。

神奇的"南方丝绸之路"，它一头连着历史，一头连着今天。它是一个巨大的载体，承载着太久的年代、太多王朝、不同国度的众多人物带给它的关于经济、政治、宗教、文化、军事的各种资讯。海纳百川，古道就是海，它容纳了游走于蜀身毒道间所有涓涓细流的能量，又成为边地瑞丽发展的大背景，成了文化交融的大舞台，成了古道沿途百姓精神气质的哺育者，梦想便由此开始。

古渡雄关下的竹楼情丝

　　云南边疆的每条江河，都设有许多渡口。但最迷人的，恐怕要数瑞丽江上的那些渡口了。

　　从畹町沿国境线西行12公里，突然，一条大江仿佛一条受惊的巨蟒，从两座陡峭的山峡中间蹿了出来，狂奔而下，奔流蜿蜒于秀丽的瑞丽坝子，从这山峡的出口处开始，称为瑞丽江。瑞丽江上的第一个渡口，恰恰就在这山峡的出口处，称为勐戛渡口。由于水急浪高，想用木桨和竹篙把竹筏或木船划过江去，显然很难办到。于是，人们利用两座山岩，拉起了一条大缆绳，缆绳上拴了一个大滑轮，一股钢绳通过滑轮系着渡船的头和尾。摆渡时，只需将系着船尾一端的钢绳放长一些，使船头朝上游斜着约30度角。这样，急流冲击船尾的面积较大，从而形成一股推动力，使渡船昂头射向对岸。那场面，真叫人惊心动魄：头顶的滑轮嘶嘶怪叫，两旁的钢绳铮铮鸣响，船头推起的浪花，像一堵又一堵的冷墙，扑上船来。两百多米宽的江面，十几秒钟就冲过去了。

　　后来，造了大木船，牲口不卸驮子就牵上船去，还可以载上一部大卡车，方便多了。1960年，一条铁绳吊桥在原来拴缆绳的位置上横跨东西，就像一条象征着幸福吉祥的彩虹。

　　在瑞丽江中游，有个渡口叫敦洪。敦洪，傣语意为"大青树"。的确，在几里外，一株高大的大青树便映入眼帘，树冠上，几只白鹭在梳洗羽毛，仿佛是半天云里开出了几朵洁白的牡丹。摆渡场地，就在这株奇异的大青树下。这个渡口，成了中缅两国边民探亲访友的纽带。

　　这个渡口的奇妙之处还在冬天。冬天，江上笼罩着雾，天空弥漫着雾。江天连成一片，说笑声、歌声、水鸟声，木桨划动的哗哗声，都从雾里传了出来，却久久只闻其声，不见筏踪人影。这时，往往会让人产生这样的幻觉：雾把你也托浮起来，飘动起来，你的

四周，全是雾激浪奔腾的世界。突然，筏子出现在你的眼里，并且以飞快的速度，直扑过来，一直到你的脚边，才戛然停住，筏子上的人影也闪动起来，这时，你才从幻境中走出来。筏子靠岸，摆渡的人也上岸了。不得不叹服艄公的撑船本领和那能穿云透雾的眼睛。

随着上岸的人走上沙滩，走近条条林间小道，妇女们挑着竹箩走在时浓时淡的雾里，仿佛一群群仙女时隐时现，阳光透射的雾里，仿若出现了一条七彩霓虹。

如果说勐戛渡口是瑞丽江进入瑞丽坝子的第一个渡口，那么，小容棒渡口就是最后一个渡口。这个渡口就在著名的勐卯三角洲的那个尖角上，恰好处在瑞丽江与陇川南宛河的汇合点上。两条江流汇合以后，注入一条深深的峡谷，那已经是境外了。这个渡口江面宽阔，水深流急，艄公如没几手划船的高招，就把你送出境外了。所以，走这个渡口，不得不叫你提心吊胆。

自然，瑞丽江上，还有许多渡口，姐勒下边的曼蚌渡口，隐藏在一片竹林之中，清幽，恬静，江宽水平，在这段江面行舟，别具一番风味；姐告寨前的金坝渡口，沙滩纵横，溪流穿插，筏子在其间绕来绕去，又是一番曲径通幽的情趣。可以毫不夸张地说，在这些渡口中的任何一个，你只要渡过一次，在你的一生中，将永远难忘。

第二章
口岸明珠，跨越世纪的经典

两千多年前，马帮的驮铃声就一直回荡在瑞丽连通南亚、东南亚的南方丝绸之路上。这条悠悠古道上的最西端，有一个美丽的地方让人迷恋。两千年一叹，一叹已是两千年后的今天。瑞丽，成了跨越世纪的经典。瑞丽江孕育了勐卯果占壁的文明，也孕育了瑞丽绚丽多彩的多元文化。当太阳升起的时候，有一个美丽的地方开始苏醒。

瑞丽的美食，味道浓香而又特别。撒撇，边地特持的民族风味美食，弄岛柚子和亚热带水果让人馋涎欲滴。畹町——太阳当顶的地方；姐告——珠宝的源头。金光闪耀的国门，大瑞铁路从瑞丽坝子穿过，这是世纪之梦。瑞丽，开发的热土，口岸明珠在西部冉冉升起。这不仅是跨越世纪的经典，还是古老的勐卯果占壁王国重振雄风走向新时代，铸就新辉煌的开始。

梦幻之城：当太阳升起的时候

> 每一个城市，它是有灵魂的，瑞丽的文脉和魂就是光辉灿烂的民族文化。瑞丽，一个美丽的地方，艺术之花独霸群芳。

有一个美丽的地方

有一首《瑞丽，你是珠宝荟萃的地方》是这样歌颂瑞丽的："彩云之南，有一个美丽的地方，她芬芳的名字，在四海传扬。它美如翡翠，瑞如珠宝，日月的精华，在这里闪耀光芒。啊瑞丽，瑞丽，你是珠宝荟萃的地方。啊瑞丽，瑞丽，你是那贵人云集的天堂，全世界的爱玉之人，总是把你深情地向往。"且不说歌曲的创作者是谁，从他那饱含深情的歌词里，就可知他是一位对瑞丽充满博爱的诗人。而那首红遍祖国大江南北的《有一个美丽的地方》，就更诠释了瑞丽无尽的美，让你更为清晰地为瑞丽的美丽而深深陶醉，那优美的旋律、舒缓的情调，叫人无限地憧憬。

瑞丽优美的自然风光，最易点燃艺术家的诗情。瑞丽更是点燃希望与激情的地方。勐卯古国、傣族故里、旅游胜地、珠宝源头、丝路通道、口岸明珠，几个词足可概括瑞丽的品牌形象，傣乡特有的风韵与图腾，让无数作家、艺术家心生迷恋。他们没有走出时光

户瓦新貌

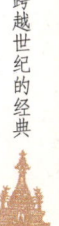

之外，而是戏剧性地在这块深情的土地上幸福地打转，创作出大量在全国都出类拔萃的艺术作品。文化的担当是关注民生，传递爱与希望。希望的热土之上，艺术家在发展商贸的瑞丽并没有落伍，他们甚至还走在了经济发展的前头，提供出健康而又催人奋进的无数精神食粮，用笔去往未知，以文唤醒读者，瑞丽多元文化在此交融，深厚的文化底蕴，无数中外梦想者慕名而来。文化瑞丽中的"勐垅沙"效应，最初是由《勐垅沙》带来的影视情缘，让瑞丽走入了人们的视线，越来越受人瞩目。

大千世界，芸芸众生，能否聚首，都讲一个缘字。说起缘来，有各种各样的缘，诸如人缘、善缘、机缘、情缘。俗话说，有缘千里来相会，无缘对面不相识。地处祖国西南边地的瑞丽，却被千里之外的电影大厂，影视明星青睐，是否也是一

种机缘呢？谁也说不清楚。

"莫道弹丸地，南疆一明珠。"著名画家李琦挥毫题词。边境小市何以有名气？人们可曾想到它与我国影视界长期结下的情缘？正是影视圈里的艺术家们，用他们的丹青妙手，给瑞丽披上了绚丽的羽衣霓裳，一天天亮丽起来。

是瑞丽吸引影星，还是影星偏爱瑞丽，在瑞丽这块富饶、美丽、神奇的土地上，演绎了一幕幕悲欢离合、神奇曲折、情丝绵绵、出神入化、惊心动魄的故事，成了影视拍摄的天然基地。他们把一个瑰丽多姿、五彩斑斓的瑞丽，摄进了荧屏，传遍了大江南北、长城内外，带入了千家万户，住进了亿万观众的心中，使瑞丽这只金孔雀走下了竹楼，跨出了伊甸园，飞向了梦的蓝天。

说起这段影视情缘，还得追溯到20世纪50年代。早在1956年，新中国的第一批电影工作者，就踏上了这块尚未开发的处女地，以被称为"远方飞来的金孔雀"的部队工作组组长杨庆锁为主人公原型，创作了反映边疆军民鱼水情的电影《勐垅沙》，使瑞丽开始在荧屏上初露头角，而那首《有一个美丽的地方》，因被选为这部电影的主题曲而传遍中国，使瑞丽成了令人向往的地方。之后，《边寨烽火》《景颇姑娘》等具有边疆民族特色的电影，以瑞丽姐勒、芒令和南京里为外景地相继开拍，瑞丽秀美的山川景色，

在荧屏上一展风采，把人们带进这片如诗如画的土地。最令人难忘的莫过于白桦以傣族民间传说改编的电影《孔雀公主》，选中了瑞丽的大等喊和喊沙为外景拍摄地，使"农村自然公园""孔雀王宫"等美誉传遍了全国，成了人们向往的一块旅游胜地。

真正使瑞丽在荧幕上大展风采，还是在20世纪80年代以后至今。改革开放的春风，给瑞丽带来了勃勃生机，掀倒后院的竹篱变前院，瑞丽从开放的末梢变前沿，打开了山门，走出了盆地，捅开了口袋底，迎来五湖嘉宾，四海朋友，一时商贾云集，热土加温，瑞丽江潮起潮落，边陲大地沸腾起来。在经济腾飞的大潮中，文化也不甘示弱，迎来了北影、上影、长影、八一、峨影、西影、珠影以及不少影视制作中心、中央电视台、云南电视台、香港卫视中文台的艺术家们。这期间可谓群星荟萃、星光灿烂，《漂泊奇遇》《葫芦信》《西游记》《走遍中国》《瑞丽方志》等电影、专题片先后在瑞丽开机并投入拍摄，赢来了瑞丽影视情缘的蜜月。一系列电影电视剧的开机，使瑞丽的名声跨出国门，走向全世界。

每一个城市，它是有灵魂的，瑞丽的文脉和魂就是光辉灿烂的民族文化。瑞丽，一个美丽的地方，艺术之花独霸群芳。

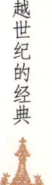

❶ 1982年剧组在瑞丽芒滚渡口拍摄《西游记》
❷ 20世纪60年代初《勐垅沙》剧组导演及主要演员合影

大美瑞丽：寻梦者的天堂

纵然你走遍祖国的山山水水，阅尽世界的名山大川，心中装满无数的名刹古寺和奇幻胜境，一旦到了瑞丽，所有的事物顷刻都会被颠覆，心中突然发觉昔日的荣光都算不了什么，眼前的瑞丽才是你心仪的地方，这里才是寻梦者的天堂。这儿神灵护卫一方热土，灵息中吹拂着佳山丽水光彩夺目。那水清澈碧净，那如生命之源的姐勒美人湖，好似陨落在尘世的天渠，早荡涤了你的心魄。潭水汇瑞丽八川之溪，清净得如同梦境，心早与瑞丽拉近结缘。位于瑞丽城子后山的灵谷圣水，那是勐秀瑞山聚积而成的玉露丽水，那明镜的湖面掀动无数潋滟。这浸润魂魄去除尘埃的清碧之水，胜过天山的圣泉，就是灵宝天尊的上清境，王母娘娘的瑶池也比不上。到了瑞丽，祥瑞之气随处都可以感受到。有人说，在瑞丽能品味太阳的味道，那是瑞丽的山水浸润染成的馥郁；瑞丽的云彩是有根的，那根从山里长出来，从瑞丽江里长出来，从山坳里长出来，从温泉里长出来。瑞丽的温泉日夜荡漾，随月光轻敲门扉，跨过你梦中的围栏，慰藉着你干枯的心房。

瑞丽植物成了梦幻，缭绕成醒着森林梦乡。漫天稀疏的浅云，游移在翠绿山坡上一轮崭新的光芒，缓缓涌入眼底。是谁的画作刻

姐勒水库

意描摹出一笔静如潭水，惊似瀑布，变幻出无数湛蓝的梦境。榕树枝上打坐的枯叶，携一阵凉风声响归根，美丽的鹭鸶无影无踪。开启双耳，贴近翠鸟空灵的歌喉，叩开心扉，溅起千万幸福的浪花。此时起，你将清空沉积心田的悲伤，种植一片芳草繁花，拥有日月星辰，策马扬鞭，你将是幸福的人，在异乡拾起灵魂苏醒的欢畅，埋葬昨日凋落的霞光。梦境一般的瑞丽，让你的思绪翩跹。瑞丽的美丽其实不止在于山水江河，还在于人与自然的和谐相处。各少数民族在瑞丽和谐相处，使外来者仿佛置身故乡。

在瑞丽工作、生活，几乎每天都会遇到祥瑞之景、美丽之色。在山水间，民族之间，甚至动物之间，常见美好。人们常

❶ 班岭风光
❷ 莫里风景

常被这样的祥瑞美景所折服，作为一座边境小城，瑞丽以包容的心态，海纳百川的情怀，接纳热爱它的异乡人。瑞丽的美是自然、平和、毫不张扬的美，这个城市正如其名，瑞中蕴美。瑞丽的美丽只有细细地去品味，才能悦你的眼目、触动你的心灵。真正让人望得见山，看得见水，记得住乡愁的心灵之地就是瑞丽。瑞丽位于滇西边陲，被誉为傣家人的心灵故乡，是无数人的逐梦之地，绝美的风景让无数的商人旅客在此寻梦，宾至如归。人们向往瑞丽，将无限的希望和自然情怀寄托于此，把理想中的生活安置于此，热土下的瑞丽带给人们无限希望。古时的勐卯，听说曾有多么美丽富饶，曾有多么强盛！可那些毕竟是书本。史册上的文字记载，毕竟是歌手、文人的随意传诵。只有今天，我们走近瑞丽，才让我们真正认识傣族先民开创的勐卯，不只是传说中的天堂，而是真正神奇美丽的地方。只有中国共产党领导和改革开放后的今天，梦想才会在这块热土得以实现。瑞丽，寻梦者的天堂。这梦，就在眼前！

畹町：太阳当顶的地方

在瑞丽一隅，伫立着一座美丽的边城，它就是国家级口岸——畹町。畹町，傣语意为"太阳当顶的地方"。

畹町虽小，名气却很大。畹町是一座阳光之城，充满希望之城。畹町具体可概括为"丝路要津、边关名镇、黄金口岸、翡翠之都、太阳之城、梦幻天堂、特色文化、和谐文明、友好名邦"九张文化名片，说起畹町，就不得不去解读它那曾经辉煌的历史。

畹町七彩小镇

畹町是著名的滇缅公路中国段的终点，是史迪威公路（中印公路）通向中国、走向南亚的第一站。被战争遗忘的小城是祖国万里边关第一镇，系我国通往缅甸及东南亚的重要通道之一。

畹町不光是一座抗战名镇，更是中国外交名镇、商贸名镇、多元化名镇。畹町，曾是闻名中外的军事重镇，历史悠久的国家级口岸和新兴的沿边开放城市。改革开放以后，畹町又发展成中外皆知的商贸旅游重镇，这里森林资源丰富，风光旖旎，是全国最大的柚木种子培育基地。来到畹町的人都说畹町是一首迷人的歌，畹町是爱的畹町，畹町是充满无数梦幻的畹町。

据考证，畹町历史典籍可追溯到汉代。畹町西汉属益州郡哀牢地，东汉属永昌郡，唐归南诏，宋归大理，元属大理金齿等宣慰司。明代分属遮放副宣抚司和勐卯安抚司。万历年间设置了"八关"镇守边疆，今畹町属八关之一的汉龙关宛顶屯田区，明朝王骥将军三征麓川屯兵畹町，清朝明瑞大将军两次征缅，踞畹町而驰铁骑。缅木梳王朝时，永顺镇总兵乌尔登额驻守畹町，为抵御外来侵略，保卫疆土及领土完整做出了巨大贡

中印公路通车

献。畹町虽是一座袖珍小城，却存活在艾芜的《南行记》中，存活在《中国远征军》和《血祭国门》的字里行间里，来到畹町，总能拾起无数历史碎片，让现实与历史在此对接。

畹町是一座抗战名镇，畹町书写过惊天地、泣鬼神的抗战史诗，为抗日战争胜利做出过重要贡献；畹町是一座外交名镇，畹町谱写过中缅胞波友谊长存的外交佳话。1950年4月29日，中国人民解放军将五星红旗插在畹町桥头，宣告云南全境解放，畹町桥从此成为联系中缅胞波情谊的彩带。畹町是一座商贸名镇，畹町奏响过并续奏着改革开放、商贾云集的边贸乐章。畹町历史上就是南方丝绸之路的主要驿站，1938年8月滇缅公路开通以后，就一直是

① 1950年4月29日中国人民解放军将五星红旗插上畹町桥头，畹町和平解放

② 欢庆抗战胜利

我国通向东南亚、南亚的枢纽。1938年，国民政府在畹町设立海关对进出口货物进行查验管理。为方便资金流通和决算，中央银行在畹町设立了分行（办事处），为方便人员交往、货物流通，国家邮政局在畹町设立了国际邮政互换站。1952年8月17日，政务院批准畹町为中国首批国家一类口岸。刚解放的新中国，从这里进口了大批国内建设紧缺物资，支援国内建设和抗美援朝。改革开放后，畹町被确定为对外开放的地区之一。借这次春风，畹町率先在全云南省开展对外贸易。凭借其特殊的区位优势，畹町边境贸易异常活跃，畹町作为重要的国际通道，率先和缅方开展边民互市和边境小额贸易，大批东南亚华侨通过畹町口岸到国内探亲访友、投资经商，国内各大公司企业纷纷到这里开设商号、设立办事处，边贸进出口总值逐年上升，1989年达到11亿元之多，中国的机电、针纺、百

货、药品大量从畹町出口缅甸，缅甸的农副产品、海产品、木材大量从畹町口岸进口。1992年，国家加快对外开放步伐，把畹町确定为沿边14个开放城市之一，同年6月经国务院批准，设立了5平方公里的边境经济合作区，赋予边境经济合作区若干优惠政策，在区内实行综合开发。在边贸快速发展的同时，畹町口岸还承担着打击毒品走私、切断疫病传入等多项任务。畹町一时成为祖国大西南最具吸引力的商贸城。2006年畹町荣膺"云南十大名镇"，在中缅边境绽放更加独特的光彩。畹町是一座多元化名镇，荟萃了绚丽多彩的民族优秀传统文化。畹町是中华文化与异国文化、汉文化与少数民族文化的交融汇集点，呈现多元文化特色。可以说，畹町是多元文化的活宝库，民族文化奇葩绽放，光耀华夏。此间，畹町以它独特的地理位置，先后迎来了多位党和国家领导人到畹町视察指导工作，为促进中缅友谊和共同繁荣做出了突出贡献。

这个经历过战火的边贸小镇散发着独特的魅力，平淡中透着一丝丝的历史风韵。畹町边关文化园，里面共有十三个场馆，够人们驻足消磨一天。你可边品尝边境美食边听着《畹町，太阳当顶的地方》，品味不同历史、领略不同风情的畹町。"月光是爱，太阳是情，太阳当顶的地方，有着明亮的心"的歌便沁入人心。如今，正在打造边地"七彩小镇"的畹町，越来越精致美丽。

1 畹町边关文化园

2 2006年，畹町被评为"云南十大名镇"

金光闪耀的国门

人们喜欢在黄昏时看桥，可以捡拾时间的碎片，在桥中感悟一段历史。历史与现代在桥中交织，心与桥对话，桥在心里成了一面旗帜高高飘扬。对红色的敬仰，随江水的柔波升腾。两国的国旗是两颗跳动的胞波心，是中缅边境绝妙的风景，更像两支流淌着的永恒的歌谣。每天在瑞丽口岸都会举行升国旗仪式，和天安门升旗时间始终保持一致。

在瑞丽边地看升国旗，有着不同的感受。国旗升起的瞬间，你更能感受到骄傲与自豪，感受祖国是如此强大。那颗跳动的心，跨越勐卯古国的峥嵘岁月，穿越时空。瑞丽金光闪闪的国门有着别样的威仪，它多了岁月的沉积，多了一些沧桑和磨砺。纷繁冗杂的边关史海钩沉，艰辛的步履镌刻着古道太多的记忆。阳光穿透岁月，雄壮有力的国歌，如同见不到的铜墙铁壁划开边地昔日的狼烟，铿锵地向你走来，希望的鸽子如奔

姐告国门

腾的瑞丽江掠过心际，眼前的五星红旗在金色阳光的照耀下竟如此鲜艳！你来不及躲闪，更不想躲闪，因为眼帘下的国门带给你慈祥的目光，如母亲的目光那般圣洁。天地之悠悠，宁静祥和的国门，慰藉着不泯的心房，爱，成了绵延无际的情丝。它同时带着傣家人无限的深情和祝福向你问好，让你孤寂的行程多了一份爱的色彩。瑞丽国门，叫你怎能不留恋，歌唱？奔腾的激情，沿着滔滔南流的瑞丽江水而狂歌，血管里的血脉奔腾成祖国无尽的山河。思绪随国歌弥漫的同时，便随音乐的节奏、国旗的飘动而幸福地祝福。

　　瑞丽当地人常说，到了瑞丽不去国门，等于没去过瑞丽。瑞丽国门既是国家的象征，也是展现瑞丽的窗口。庄严肃穆的国门，每天迎着朝霞，神采奕奕。昔日麓川国的旧都，是今日中国西部的口岸明珠。

浓郁的亚热带风情

　　瑞丽属于典型的热带亚热带气候，最适合热带、亚热带植物生长。由此，棕榈树、三角梅、槟榔树、波罗蜜、杧果树和大青树，成了街道四季常青的行道树，成了人们依依留恋的风景。

　　这风景，它以灿烂的阳光为底色，用一年四季色彩缤纷的鲜花来点缀，让每一景都充满了诗情画意，难怪好多诗人画家和游客一来到就被这儿的景色深深吸引住了，瑞丽确定是梦中的那个美丽的地方。风情万种，良好的生态，花园一般的城市，不仅有着一种独特的亚热带气息，而且同时保持了傣族独有的传统文化，是任何地方都无法媲美的。从景观到道路，从人的衣着到精神风貌，无不闪射出宁静、祥和、宽松、包容与活跃。

　　团结大沟的碧水清悠，小桥流水人家的景致有着说不出的深邃，廊桥边上的霓虹灯下，傣家的糯米酒惹人心醉；装饰新奇的泰

国餐厅，一天到晚都飘动着温婉的乐曲，与不远处的景颇绿叶宴形成了鲜明的对比。高楼与佛塔、现代与传统，具有典型民族特征的宽阔的街道，不同语言的民族在此繁衍生息，让瑞丽这块璀璨明珠祥瑞得珠光宝气，雍容华贵。瑞丽城市既现代又年轻，于是更多的人来了瑞丽就安家，成了这里的一分子，瑞丽成了他们一生依恋的第二故乡。

五月的初夏，瑞丽江边火红的凤凰花开遍。浓烈的醉人的花，在瑞丽江边等你的到来。凤凰花开的时候，正是瑞丽夏日最美的时候，江岸边花红叶绿，红得那么酣畅，绿得那么清新，看到那样的色彩，人们总会情不自禁地感慨，这瑞丽太美丽神奇了。火辣辣的花盛开在江岸，观赏花的人如潮水涌动着。花在江岸等你相逢，让你看尽世间繁华与枯荣。这样的花海，梦里都很难见到。

只见成双成对的情侣漫步于宽阔的江堤，赏一年一度盛开

瑞丽江广场上的凤凰花

的凤凰花。她在仰望那一树的花开，他在感慨繁华的艳丽，也眺望未知的远方与爱情。她在与花比艳，目睹嬉笑打闹的青春，目送来来往往的人群。热烈奔放是红，葱茏的是绿，还有星星点点的鹅黄。凤凰花寓意美好，花开时灿然如火，艳丽如霞，热闹壮观，像一片紫红色的云霞，恣意地展现生命的辉煌。走进花海，无论是高处，还是低处，弥漫的都是淡淡清香。凤凰花令人陶醉，近看更是美得惊艳。它从高处一点点地开下来，花团锦簇，梦幻得让你惊喜狂跳，鲜花怒放、令人心情愉悦。一朵朵、一簇簇，鲜艳怒放，充满朝气，让人心旷神怡，目不暇接。盛开时间达一个多月，被誉为"盛世之花"。难道，它是瑞丽昨夜星辰的低语，吵醒了睡梦中的花蕾？还是黎明的微光，点燃了凤凰木的枝，让这片殷红燃烧了瑞丽整个的夏日？仰望凤凰木的叶子把阳光裁成诗意的碎片，那成片绽放的凤凰花，如火如荼，仿若青春般绚烂，如梦似幻，凤凰树上凤凰花，凤凰树下的山盟海誓，只有江水知道。

　　瑞丽令人陶醉、让人迷恋的亚热带风情总让人永生难以忘怀！

凤凰花道

黄金口岸：站在世界的前端迈步

> 瑞丽经营翡翠的历史久远。我国商人自汉代起就沿"南方丝绸之路"购进缅甸翡翠和其他珠宝。

珠宝翡翠的源头

据《缅甸史》载，勐拱建城与该地产玉有关。南宋德祐元年（1275年），珊龙帕受封为勐拱土司一世。传说他在南勐拱河上游渡河时，在沙滩上发现一块鼓状的蓝玉，视为吉兆，于是在此建城，并取名为勐拱，意为鼓城。从此，那块玉就作为传家宝，由历代土司保存。

历史上，瑞丽是玉石加工和贸易的集散地。翡翠玉石质地坚硬，晶莹剔透，湿润妩媚，造型千姿百态，是高雅、富贵和吉祥的象征，历来被宫廷和民间所珍爱。张含《煌煌篇》形容它"宝井晶光动，煌煌夺日月"，玉石晶光闪耀，辉煌灿烂，比日月的光还奇异。杨慎《宝井谣》则说"彩石光珠从古重，窈窕繁华皆玩弄"。张含《申雅》："只缘宝井石，边民屋倒悬。兵戈象马动，城郭虎豹眠。"《煌煌篇》："虎豹乘风雷，吞啮矿岩穴。椎结与漆齿，供役任驱迫。夷壤何累累，年年埋汉

畹町文化园收藏亚洲一号翡翠原石，重3000公斤

骨。""情知死别少生还，妻子爷娘泣相诉。"美丽的石头来之不易，美丽的东西却造成残酷的结果。可见它是多么珍贵难得。

瑞丽玉文化博大精深。有关它的趣闻，更是丰富多彩，光怪陆离，足见中华民族爱玉至深、至诚、至迷、至痴。玉既典雅时尚，精妙绝伦，翡翠折射岁月的光环，更折射出瑞丽的美丽与不朽。玉的晶莹剔透，玉的温润美丽，玉的多彩与坚韧，玉的高贵品质，深深融入瑞丽人的日常生活中。情之所至，爱玉的过程就是对瑞丽倾诉衷肠的过程。艳如游丝，云淡天青万里开的秉性，真是无穷如天地，充实若太苍。各种色料，千变万化，物华天宝，色彩纷呈，灵动如宝树交枝，真是浩渺如四海，炫耀若三光。一件翡翠足以表现天地万物之灵，魂牵梦萦，不随人还。它带给人的一切美好，恰好应对了"人生如意"的美好暗示和寓意。君子比德于玉，玉的安详之美，是大美。如诗人所说，"梦里寻他千百度，蓦然回首，那人却在灯火阑珊处"。那些在地层埋藏了数亿年的奇珍异宝，经过精

❶ 瑞丽珠宝翡翠博物馆
❷ 珠宝步行街

心雕琢，一件件流光溢彩、晶莹剔透，真是琳琅满目，让人眼花缭乱，爱不释手，让你永远不会忘记珠宝荟萃的瑞丽，一个珠光宝气的瑞丽似在梦里。

宝玉流光的瑞丽，是中国四大宝玉石集散地之一。而那些雕刻着吉祥图案的翡翠，更是幸运与幸福的象征。"黄金有价玉无价"，一句古老的格言，道出了千百年来人们对玉所怀有的特殊情怀。走进瑞丽的珠宝市场，晶莹绚丽的宝石玉石首饰便映入你眼帘。由于拥有特殊的地理位置，瑞丽注定要汇集五彩缤纷的宝石，成为宝石之乡，成为名副其实的东方玉都。如今，来瑞丽淘宝，更成了一种时尚。"风水宝地出奇石，天涯地角藏奇珍"，"玉出云南，玉出瑞丽"，已成为我国珠宝界的共识，瑞丽已成为我国珠宝翡翠贸易最繁荣的城市。

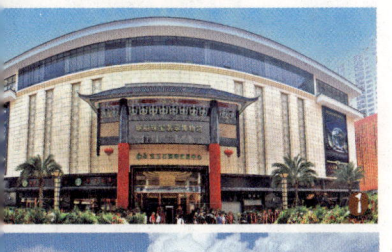

魅力四射的"飞海湿地"

瑞丽广阔的田畴，昔日大都属于湿地，"飞海"，很大的一片湿地，就是田坝间里的大水塘。最大的一片叫"大飞海"，小片的叫"小飞海"。边疆人以前没见过大海，都把很宽大的水塘叫海。人说：舀起一瓢瑞丽江水就是一瓢诗，水乡泽国的瑞丽，不出诗才怪。

瑞丽的每个寨子都几乎与水或宝石有关，与水有关的寨名都有一个优美的传说。如姐勒等相寨，传说在很久很久以前，姐勒是麓川思南王思汉法的城子。有个国家攻打姐勒，打了很久都打不下，后来才知道是因为姐勒的城楼顶上，镶嵌着一颗宝石，于是，就命令一只鹦鹉衔着一根丝线，飞到姐勒的城顶上，围着这颗闪闪发光的宝石绕了三圈，把丝线

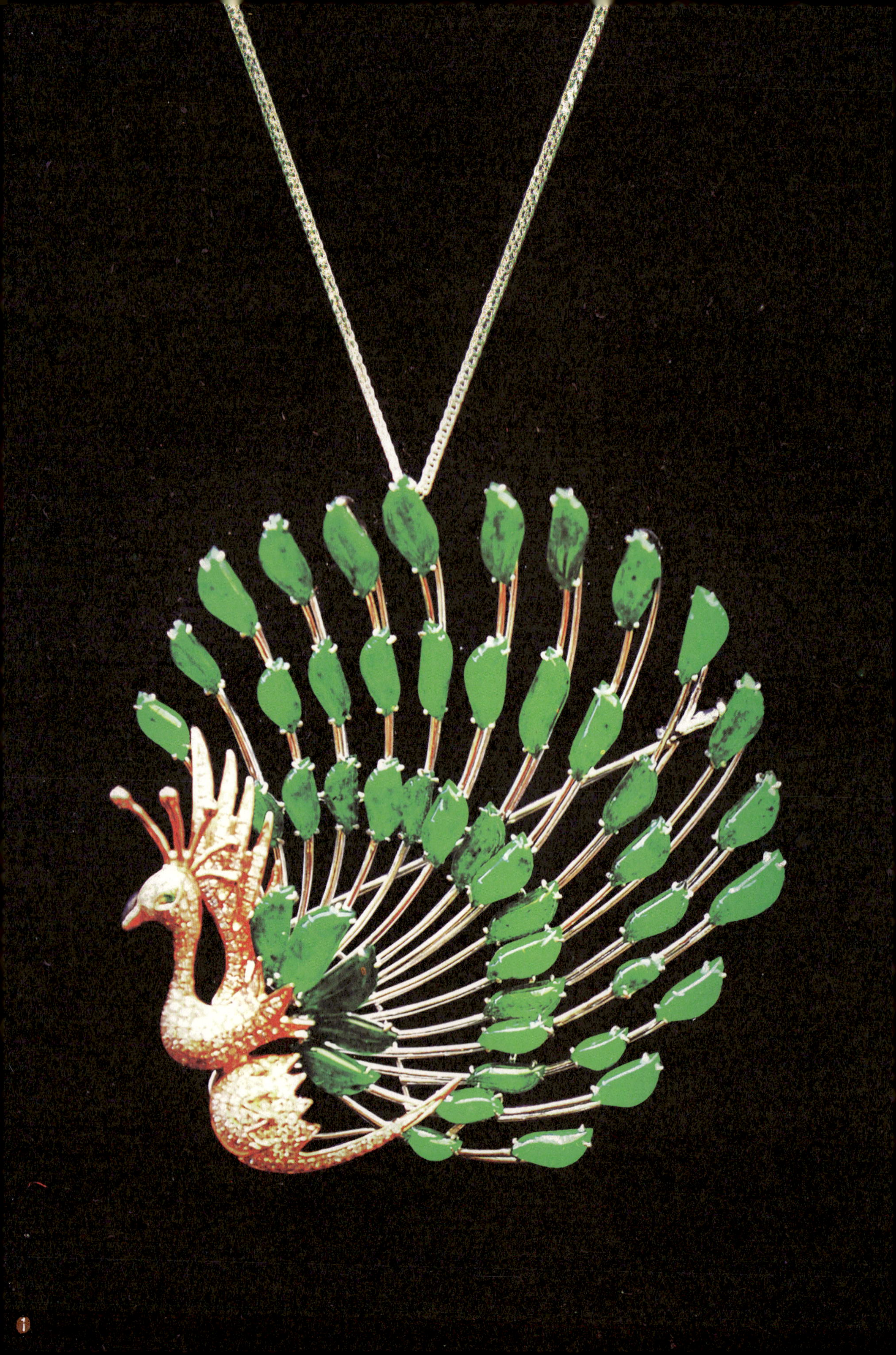
1

❶ 金玉镶嵌
❷ 玉饰品
❸ 玉饰品苦尽甘来

绕到了宝石上。然后，又衔着线头飞回来。攻城的武士把线拉直了，用土炮顺着线的方向打去，终于把这颗宝石打飞了，随即武士们攻下了这座城池。这颗宝石飞了很远，最后落到等相寨。等相寨，傣语就是宝石寨。傣文经书还讲了勐卯的来历：从前，有个被傣族人民崇敬的人叫召维陀，他死后，人们为了纪念他，就在贺卯（瑞丽坝头，今姐勒）修建了广姆佛塔，有一年傣历九月间，大风把塔吹塌了，塌了的金塔，变成了"棉卯"飞蚂蚁。这些飞蚂蚁遮天蔽日，因为这样，才把古时叫勐果占壁（意为理想和幸福的地方）改名为勐卯——飞蚂蚁飞的地方，那里有水塘，最后水塘淹没了飞蚂蚁。

勐卯的古老传说《甘帕》《古老的荷花》中说，在远古时代，勐卯曾经发生过大火、大风、大水的灾祸。今人考证研究，瑞丽坝子原是一片水，所以瑞丽的傣族和景颇族寨名，和水有关的不下十个。如等喊，傣语为金水塘寨；弄恩，傣语为银水塘寨；弄相，傣语译为宝石水塘寨；弄莫，荷花塘寨；等秀，绿色水塘寨；弄岛，青苔水塘寨；棒蚌，热水塘寨；弄晃，会叫的水塘寨。连位于勐秀、户育景颇族、德昂族居住的一些寨子，如回崩，傣语为山洼里的热水塘；等嘎，水鸟多的水塘；弄贤，干水塘；户兰，水草多水牛多的寨子；户岛，水

第二章 口岸明珠，跨越世纪的经典

头青苔多的地方；还有一个汉话叫南京里的地方，傣语为水好吃的地方。

从这些和水有关的寨名里，可以联系到古书中关于傣族的记载。在明代谢肇淛所撰《滇略》卷九里记载有："居喜近水，男女皆裸浴于河。"明万历《云南通志》云："性情柔懦，居多近水，结草枝居之，男女皆游于河。"明景泰《云南图经志书》说："其上下湿，夜寒昼热，多濒江竹楼居。"无怪乎瑞丽不少寨名都和水有关。就是瑞丽这个地名，也和水有关。这个地名，始见于1932年，国民政府曾设瑞丽设治局于弄岛，在这之前，傣语叫今瑞丽为"兰罕"，汉语可译为"金色的水"，依江得名。

爱美的瑞丽傣家人，还给一些寨子起了一批别致有味的寨名，如屯洪、屯洪罕、屯海（大青树寨）、芒艾、俄罗（和竹子有关的地名）、混板（官家赐给的寨子）、班岭（猴子多的地方），还有和山有关的寨名，如雷弄、雷允、雷公。至今，瑞丽还留下了"老象渡口"大掌这个寨名。到了星月满天，夜幕降临的时候，你会听到宛若行云流水，青翠悠扬的"竹苉"声，因而，瑞丽还有个叫作"占苉"的寨名。"大等喊"为傣族寨名，译成汉语为"金色的水塘"，它位于瑞丽市西10公里的瑞丽江畔。这里到处是一片葱绿，景色秀丽，像一颗碧绿闪光的宝石，镶嵌在祖国的西南边陲。

昔日魅力四射的"飞海湿地"，而今已变成阡陌纵横的万千田畴和傣家秀美的村寨。唯有"大飞海"和"小飞海"健在，成了瑞丽人用心灵守护着的一处心灵殿堂，记载着瑞丽人永恒不变的山水情怀。

大瑞铁路从瑞丽坝子穿过

那是一个源自远古的梦，更是一个穿越时光之梦。傣家人曾经幻想着，有一天能将傣家人最醇最香的糯米酒让天南地北的人品尝，让天边的人感受到瑞丽傣家人欣赏月光下激越的象脚鼓神韵，分享炽热的傣乡情。瑞丽傣家人盼了不知多少年，心想能有一天坐上火车，去看一看祖国的心脏北京，可流淌的江水怎么也流不尽；这分明又不是梦，那梦快要成真，正在修建的大瑞铁路，即将通过自己的家门。这是幸福的梦啊，它沿着悠扬的葫芦丝悄悄地降临，它随着傣家人敞亮的心海奔驰过来。这条跨越几千年历史的大梦，让身处遥远边地的瑞丽人兴奋不已。这也是强大祖国对边疆傣家人最深情的一份厚爱呀！今后，瑞丽人终于可坐上高速列车，饱览祖国的山山水水。大瑞铁路2025年将正式通车，时间一天天临近，梦也近了。

这样振奋人心的消息是让傣家人激动兴奋的。他们一直盼望着、期待着，他们甚至早已联想到通车的那个瞬间，自己到底会激动成什么样子！

这条跨越历史的经典之路，东起云南省大理市，向西经漾濞—永平—隆阳—施甸—龙陵—芒市至瑞丽，是中缅国际铁路通道的重要组成部分。它将穿越滇西无数的群山大河，这样的奇迹让瑞丽傣家人热血沸腾，惊喜万分，甜蜜的笑容一次次浸湿滚烫的心窝。火车经过，边陲不边，充满希望的未来即将到来。

据悉，轰轰烈烈正在加紧建设中的大理至瑞丽铁路，是我国"中长期铁路网规划"中完善路网布局和西部大开发战略性新线项目之一，也是我国西南进出境通道之一的中缅国际铁路通道的重要组成部分，是中国连接中南半岛经济走廊的重要环节，同时还是贯彻落实国家西部大开发战略，重塑"南方丝绸之路"，突显云南面向南亚、东南亚的桥梁和纽带作用的重要通道。大瑞铁路的建成，对促进沿线地区经济社会发展，推动云南省"精准扶贫"工作，实施提升云南对外开放水平，推动我国与南亚、东南亚国家的交流与合作，将产生重大而深远的

大瑞铁路瑞丽段建设施工现场——瑞丽江铁路大架桥墩

影响。可想而知，最受益的就是瑞丽人。人人关心着铁路修建的工程进度，经常到正在修建的瑞丽火车站观望驻足，腾出祖祖辈辈耕种的良田，积极支持国家的大建设。

大家焦虑、期盼的同时，不时探听到大瑞铁路前方传来的好消息：如同登天的大瑞铁路卡脖子工程大柱山隧道终于打通了！历时26个月的攻坚克难、昼夜奋战，最终安全通过该卡脖子工程。这就意味着，瑞丽离梦想真的不远了。

这条美丽的铁路将在金色佛光的映照下，与通往缅甸的铁路相连接，横跨美丽的瑞丽江成为一条通往南亚、东南亚的国际通道。瑞丽已不仅是一座小小的边城，还是一座通向世界的国际大都市。到时，傣家人的梦更美，笑脸映红大美的瑞丽江。千年神话在此演绎，千年神话又将改写，这样的传奇在瑞丽几乎每天都在上演。滇越乘象国已今非昔比，那是已逝的王公们连梦都没有梦见过的杰作。泯灭于时光隧道里的象群、马帮、牛车没有想到，历史不断在

改写，时代不断在超越。从瑞丽通往缅甸木姐、腊戍、曼德勒的国际泛亚铁路也已经通过中缅双方共同勘察设计完成。这条中缅合作建设的铁路完工后，将成为缅甸最长的铁路，瑞丽将融入国际旅游都市行列，为瑞丽的腾飞插上金色的翅膀。梦在延伸，幸福也在不断延伸。

瑞丽制造品牌享誉海外

瑞丽作为国家重点开发开放试验区，除了大手笔、全方位、多渠道、高品位搞好基础设施建设外，紧紧抓住口岸大通道建设，着力在前景广阔、产业高端、影响力强的密集型产业布局上下功夫，培育有发展后劲的珠宝加工、红木加工雕刻业，借助天时、地利、人和的优势，瑞丽制造悄然兴起，一些新兴制造业、高端产业不断成为瑞丽可持续发展、全力提升瑞丽影响力和知名度的动力，瑞丽正成为德宏走向亚太、走向印度洋的窗口。银翔摩托、瑞丽航空、瑞丽北汽、瑞丽

2018年7月28日10点58分，由中铁十七局集团承建的大瑞铁路来允阁2号隧道顺利贯通，这是大瑞铁路德宏段首座贯通的隧道

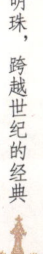

德顺红木精品展销厅

红木家具、瑞丽神工玉雕正成为世界的知名品牌，吸引着世人的目光。

银翔摩托落户瑞丽工业园区后，凭借良好的信誉和质量迅速占领东南亚市场，每年以数十万台的销量赢得消费者称赞。拥有十多架大型国际先进客机的瑞丽景成航空，已在国内外开通近百条专线，为前来瑞丽投资经商的天下旅客铺下便捷的空中航道，航道如七彩的虹绸伸向世界的四面八方；投资近百亿元资金的瑞丽北汽即将投产运营。瑞丽"德冠红木""德顺红木"等品牌驰名中外，红木家具产业成为瑞丽的知名品牌销往全国各地，赢得消费者的普遍好评；"瑞丽神工"玉雕享誉海外，以卓越的品质赢得顾客的赞誉，玉雕神工出瑞丽，深得中国玉石界的推崇。如今，瑞丽已规划出瑞丽、畹町姐告、弄岛几个大的工业园区，广泛招商引资，争取国家重点开发建设。展望瑞丽的美好前景，瑞丽人既骄傲又兴奋。未来的瑞丽制造将如虎添翼，再展宏图，兴旺发达，让口岸明珠更加耀眼更加光彩夺目。

开发热土：国家重点开发开放试验区建设让口岸明珠冉冉升起

瑞丽，几千年的顾盼守候，终于迎来了万紫千红的春天。是春天，就有了万花含笑，激情奋起；是春天，就应有深情的欢歌，让

❶❷ 缅甸籍员工在瑞丽生产线组装摩托车
❸ 北汽生产线

歌随热土激情狂奔。一花迎来万花开，点燃豪情再次在这片正开发的热土里奔腾开来，而流淌千年万年的瑞丽江旧貌变新颜。数风流人物，还看今朝！放下历史的话题不说，今天的瑞丽已在高歌中猛进，如瑞丽江碧波，一浪推过一浪，已经站在了时代的最前沿。没有梦想便没有一切，瑞丽人一直在逐梦，实现自己的强兴之梦，实现祖国的强国之梦，梦一次次在瑞丽热土上升起。

当位于南海之滨的深圳朝阳临窗，街市熙攘的时候，远在滇西边境的瑞丽，却还是曙光微现、朦朦胧胧。瑞丽是地理上的"口袋底"，是交通、信息的"神经末梢"，经济上不发达，而且有可能与东部沿海还在拉大距离。如果说，时间差只是一个纯粹的地理现象，而思想观念上的"慢半拍"以及梯度效应的落差，则是瑞丽人应该面对的严峻现实。历史曾经在瑞丽创造了辉煌，但也让人遗憾瑞丽放慢了脚步。巨大的反差，关键就在一扇门、一条路、一个产业。这扇门就是国门，这条路就是"南方丝绸之路"，这个产业就是边境贸易。打开了此门，走了此路，兴了此业，就是发展；关了此门，封了此路，荒了此业，瑞丽就会停滞。两千多年来昭示的道理，应该大多数人都明白。两千多年总结的经验，已经够清楚了。人们怎样认识，人们怎么抉择，关键就是思想上的一念。哲学家威廉·詹姆斯说过：播种一种思想，收获一种行动；播种一种行动，收获一种命运。

20世纪80年代，在神州广阔的地平线上，改革开放的大潮汹涌澎湃，并在瑞丽这块美丽的土地上喧嚣奔腾。稳态、封闭、保守、宁静的瑞丽动荡起来了，人们的思想观念正在经历一场激浪荡漾的冲刷洗礼。走出心灵的黑山门，掀开瑞丽雾蒙蒙的帷幕，瑞丽人开始用世界的眼光看待自己的处境。

当世界已成为"地球村"时，地处边疆的瑞丽是否仍与外界不搭界？外国的母鸡都会到瑞丽来下蛋，瑞丽的西瓜都会爬到外国去结果，那么，人呢？瑞丽有地势之利，有区位之贵，怎么能守着金饭碗却受穷？山潮水潮不如人来潮，大家都觉得有道理，人流，

1989年建成的姐告钢架桥

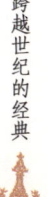

就是人气；有了人气，就有了财气。经过一系列的讨论研究，"外开内联，双向推进"的构想，在全县人民的心中产生了很大反响。确立了"以贸易为先导，以农业为基础，以工业为后盾，以贸补农，以贸促工，依靠教育和科技进步，扩大对外开放，贸工农全面发展"的指导方针。这在当时的确是一个大胆而有见识的判断，一项充满智慧、富有创造力的决策！美丽的瑞丽，经过一阵艰难的抉择，终于把自己投进了改革开放的洪流。这是一次明智的选择，主动的选择，也是历史的选择。尽管沿海的冲击波给了瑞丽一个惊涛拍岸，但却让瑞丽了却了望洋兴叹、临渊羡鱼的遗憾，抓住了一次同样的历史机遇，抓住了一个角逐和发展的良机，把希望从地平线上托起。

思路决定出路，不甘坐以待毙的瑞丽人开始向梦想出发。敢为人先、具有创新精神的瑞丽人迈开前进的脚步，敞开胸怀和大门，实现了一个又一个惊人的奇迹：修建瑞丽通往畹町的畹瑞大桥，沿畹瑞桥一岸再修一条直通芒市勐戛的公路，彻底结束了原来从畹町过瑞丽只能通竹筏和小船筏的历史；修建姐告大桥，让姐告这块"飞地"由末端变成口岸的最前沿。1992年10月18日，姐告大桥通车，姐告的开发迎来了新的篇章。1999年2月8日，因形势发展需要，经国务院批准撤销畹町市，将其行政区并入瑞丽市，设立畹町经济开发区。作为滇西历史重镇的畹町加盟瑞丽，为瑞丽的腾飞增添了一只翅膀。事实证明，这一战略思路是正确的，畹町和瑞丽得到了优势互补，较好地促进了瑞丽整体功能的拓展。2012年7月，瑞丽市国家重点开发开放试验区建设实施方案正式获得国务院批准，国家级特区的定位，使瑞丽的战略地位更显突出。

"境内关外"政策的实施，让姐告这一镶嵌在孔雀屏端的艳丽雀丹，一下子火爆了起来，成了创业者的摇篮。也大大促进了缅甸木姐口岸的对应发展，木姐口岸也迅速成为缅甸与邻国中、泰、印、孟14个边境口岸中最大的边贸口岸，占全缅边境贸易的60%以上。通过瑞丽的中缅油气管道已投入使用，它使中国进口中东的原油不必再经过马六甲海峡，直接从缅甸马德岛上岸，经管线输送到祖国西南地区，对于实现中国能源安全具有重大战略意义。

伟光汇通入驻瑞丽，全新的AAAA级景区——瑞丽古城正在建设，也将使瑞丽在未来拥有更好的形象接待八方宾客。此外，一系列的开发建设正在酝酿，无数的发展项目纷纷落地。瑞丽陆港新城逐步推进，成为未来带动全州、全省对外开放的重要引擎。经中缅双方初步商议，将建立中缅边境经济合作区：在缅北木姐南坎一线，重点打造进出口货物仓储区等组成的经济合作区。建设中缅木姐经济区时，计划将木姐—姐告打造为核心区，九谷—畹町—暖应—芒满打造为进出口产品制造加工及仓储区，将姐兰（蛮黑月）及姐林和南坎—弄岛打造为进出口加工及仓储区。

2010年6月，瑞丽被列为国家三个重点开发开放试验区之一。2011年5月30日，云南省委、省政府在瑞丽举行瑞丽国家重点开发开放试验区建设启动仪式。2012年7月9日，国务院办公厅下发了《关于同意广西东兴、云南瑞丽、内蒙古满洲里重点开发开放试验区建设

① 瑞丽至畹町的瑞丽江上并存着三座桥梁
② 新瑞丽姐告大桥

实施方案的函》。

最可喜可贺的是，2019年8月26日国家正式批准瑞丽29.74平方公里的自由贸易试验区建设，将重点发展跨境电商、跨境产业合作、跨境金融等产业，打造沿边开放先行区、中缅经济走廊的门户枢纽，更是让瑞丽的发展锦上添花，如虎添翼。又一轮新的发展机遇凸显，再次为瑞丽希望的明天绘制出宏伟蓝图、打开光明前景。

目前瑞丽口岸的边境贸易总额约占云南省的49%，对缅贸易总额约占云南省的68%，占全国的25%。瑞丽2019年上半年出入境旅客超过835万人次，中缅边境旅游持续升温，平均每天出入境人员3.4万人，可见其吸纳力之大。重新以发展的眼光审视瑞丽，不难发现瑞丽再次带给世界惊喜。

阳光下有彩虹，如今的瑞丽，正像喷薄而出的红日，冉冉升起在祖国的大西南，将让瑞丽插上腾飞的翅膀，迎来更加辉煌的明天！

瑞丽味道：无法带走的边境迷恋

> 瑞丽不仅是购物天堂，还是美食之都，它汇集了当地所有少数民族及东南亚美食，飘香的美食吸引着无数远道而来的客人。

飘香的东南亚风情美食吸引无数的海内外来客

到了瑞丽不想走，因为飘香的美食让人们馋涎欲滴，饕餮盛宴和众多美食成为人生最美的迷恋。瑞丽的风情浓缩了世间最精华的部分，将自然的、历史的、纯朴的、地道的东西汇集于一体，人们在品鉴之余，还能从瑞丽多姿多彩的人文里嗅到芳香迷人的气息。瑞丽的气息蕴含着阳光的灿烂，弥漫着乡野的清新，充盈着凤凰花鲜艳的心情和番荔枝甜蜜的清香，是梦里傣乡、奇特的边境交织浸染和萦绕而成的久负深厚历史文化却不知瑞丽的美食也那么久负盛名。瑞丽的美食独具特色且名目繁多，是被瑞丽的风情深深典雅了的神韵。情缘续，人缘可敬，中国人的文化传统本身就包含美食在内。说起来，瑞丽的美食有烤乳猪、清蒸或炒螃蟹、正宗清真品系、傣家风味、南坎砂锅鱼、景颇小吃、阿昌过手米线等，从海鲜到民族民间小吃应有尽有，均为大众消费。四川火锅、福建沙县小吃、云南过桥米线、保山大烧、腾冲饵块、梁河早点、永平黄焖鸡

❶ 烤乳猪
❷ 绿叶宴
❸ 傣族菜

等应有尽有，都是瑞丽美味的集大成者。但有一种美食是让人无法忘却的，也是让人流连忘返并回味无穷的，像遇见一位多情的傣家少女般牵挂，像识宝者捡到一块中意的上等翡翠还要来劲，那就是堪称傣族美食精髓，一道纯天然绿色食品"撒撇"。瑞丽撒撇鲜美纯正，可口宜人，几乎成了瑞丽的一张名片。来到瑞丽不吃撒撇，就枉到瑞丽。瑞丽山光水色如一片胭脂般滑腻凝软，中缅边境独有的异域风情，和风细雨的景致里，道旁、寨间、野外茅屋竹篱下，满含生香。烟波水袅的田垄稻谷黄了，蚂蚱欢跳，瑞丽的田园风光尽收眼底。一种喜悦的心情不经意间会从相聚撒撇店的酒杯碰杯声中悄悄掠过，心际会无端生出恬静的心香花瓣。

"我从哪里来，没有人知道。我要去的地方，人人都要去。风呼呼地刮，海哗哗地流。我要去的地方，人人都要去。"这是三毛在一篇文章里写到的。恩赐给人们最好的礼物，那就是相互的默契

❶ 傣族小吃——糯米筒
❷ 傣族菜——撒撇

景颇菜

和最深刻的眷恋。除却歌声带给人的无数感怀不说，到瑞丽吃撒撇会将人生的压力烦恼统统丢掉，从瑞丽的山水间收获到不少闲情逸趣。因为瑞丽干净的天空会带给人无数的联想，诗意的光阴，不一样的山魂水魄。

来瑞丽，一定要吃景颇美食，景颇族是德宏州少数民族之一，只有在这里，你才能吃到地地道道的景颇风味。景颇族喜食辣椒，烹调手法以烧、烤、煮、舂为主。无论采取什么方式烹调，辣椒都是必需品。景颇菜最具代表性的是绿叶包烧、舂菜、凉拌、"鬼鸡"、"手抓饭"，久负盛名。泰缅小吃不仅味美价廉，也是瑞丽异域风情的一大体现。在这里，最具代表的泰缅小吃有缅甸奶茶、甩粑粑、油面、泰国鸡油饭、泡鲁达等。泰缅饮品和小吃，多以甜味为主，其主要原料是鲜奶和炼乳，甜而不腻，口感醇厚。缅甸甩粑粑也是最有特色的一种小

1

2

吃。缅甸甩粑粑是在"甩"得薄如纸片的面皮上摊上鸡蛋，加入水果丁（香蕉、苹果、菠萝等），油炸后淋上炼乳制成，其酥脆的表皮，鲜嫩的夹心，浓香的炼乳，绝对值得你尝试。夜幕降临，瑞丽热闹起来了。夜宵是瑞丽的一大特色，炒螃蟹又是瑞丽夜宵的"头牌"。瑞丽的螃蟹是缅甸特有的一种海水蟹，个头大，肉质肥美，跟沿海的蟹比起来毫不逊色。其中，用柠檬汁、蒜末、小米辣、花椒叶、肉桂叶等作料炒制的酸辣蟹尤其清香爽口。瑞丽味道真是风情万种，令人馋涎欲滴。

让人馋涎欲滴的弄岛柚子及热带水果

堪称"水果王国"的瑞丽，杧果、西瓜、无眼菠萝、波罗蜜、柚子、火龙果、香蕉、荔枝、毛叶枣、龙眼、番荔枝、木瓜等热带亚热带水果一年四季都有。瑞丽水果远近闻名，不仅瑞丽人爱种，缅甸人也爱种，在瑞丽的大街小巷里，水果更是琳琅满目，清香四溢，尤其以瑞丽弄岛柚子和畹町番荔枝较为有名。

瑞丽弄岛柚子种植有着悠久的历史，因其汁鲜味美而声名

❶ 景颇菜——叶包蒸肉
❷ 景颇菜——凉拌白参、侧耳根
❸ 景颇菜——"鬼鸡"

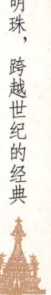

远扬。早在20世纪80年代，它像瑞丽的一张飘香四溢的名片飞向大江南北。每年柚子成熟，弄岛都要举行盛大的柚子节以招待八方来客。

瑞丽弄岛有着得天独厚的适宜柚子生长的自然条件，傣族种植柚子习惯悠久。据说是土司时期从泰国开始引进栽种在大等喊，然后不断发展壮大起来的。由于气候温暖湿润，土壤肥沃，光照充足，非常适宜柚子生长。

柚子，为芸香科柑橘属乔木，又名朱栾、雷柚、气柑、文旦等。在众多的秋季水果中，柚子可算是个头最大的了，一般都在1千克以上。"树树笼烟疑带火，山山照日似悬金"，这是唐代诗人张彤赞颂柚子的诗句。在每年的农历八月十五左右，柚子纷纷上市，其果大形美，色鲜皮香，瓤胞丰腴、汁胞晶莹、酸甜适

中、风味浓郁,实为秋冬水果中的佳品。由于其皮厚多汁易于存放,故又有"天然水果罐头"之称。柚子外形浑圆,象征团圆与美满之意,所以也是中秋节的应景水果,常为民间中秋佳节阖家团聚时必备之佳果。因为柚子的"柚"和庇佑的"佑"同音,柚子即佑子,被人们认为有吉祥的含义。

"勐卯柚子""瑞丽柚子""曹氏柚子""大等喊柚子"等品牌成为柚子的著名商标,"曹氏"获云南省著名商标、绿色食品认证和全国柚子知名品牌,现瑞丽柚子销往昆明及省外北京,四川,广东广州、深圳、珠海,甘肃兰州,上海,湖南长沙,辽宁大连,新疆,陕西西安等全国各地。柚子产业成为继珠宝、外贸、饮食服务行业、西瓜之外的又一支柱特色产业,受到消费者的青睐。

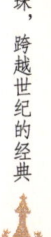

❶ 波罗蜜
❷ 火龙果

此外，瑞丽下辖的畹町镇还盛产一种叫番荔枝的亚热带水果。中秋节前后，正值番荔枝成熟的季节。清晨蒙蒙的雾岚中，花枝招展的小卜少将现摘的番荔枝摆上畹町街头，新鲜溢香的番荔枝装在竹筐里，装在凤尾竹编的提篮里，一个个像熟睡的婴儿，身着多彩筒裙的小卜少一个比一个俏，一个比一个艳，丰满、线条优美，荡着水蛇般的腰肢，亭亭玉立，如出水的芙蓉，她们欢笑着，无法抑制内心的激动，水灵灵的大眼睛还散发着几分湿雾，守着熟透飘香的番荔枝叫卖，成了畹町清晨一道亮丽的风景。

番荔枝，傣语称"麻窝喳"，又叫人参果，也叫释迦果，是畹町最有特色的水果之一，营养价值高，傣家人几乎家家都有种植，房前屋后在种，沟边路边都有种。番荔枝皮色草绿，果形椭圆似心，表面看似穿山甲鳞片镶嵌，像天然雕刻过一样秀美。熟透的番荔枝会裂开，如张开的嘴唇，吃时不能急躁，得端在手心一点一点地吃，别看它外形难看，洁白

❶ 弄岛柚子
❷ 菠萝
❸ 番荔枝

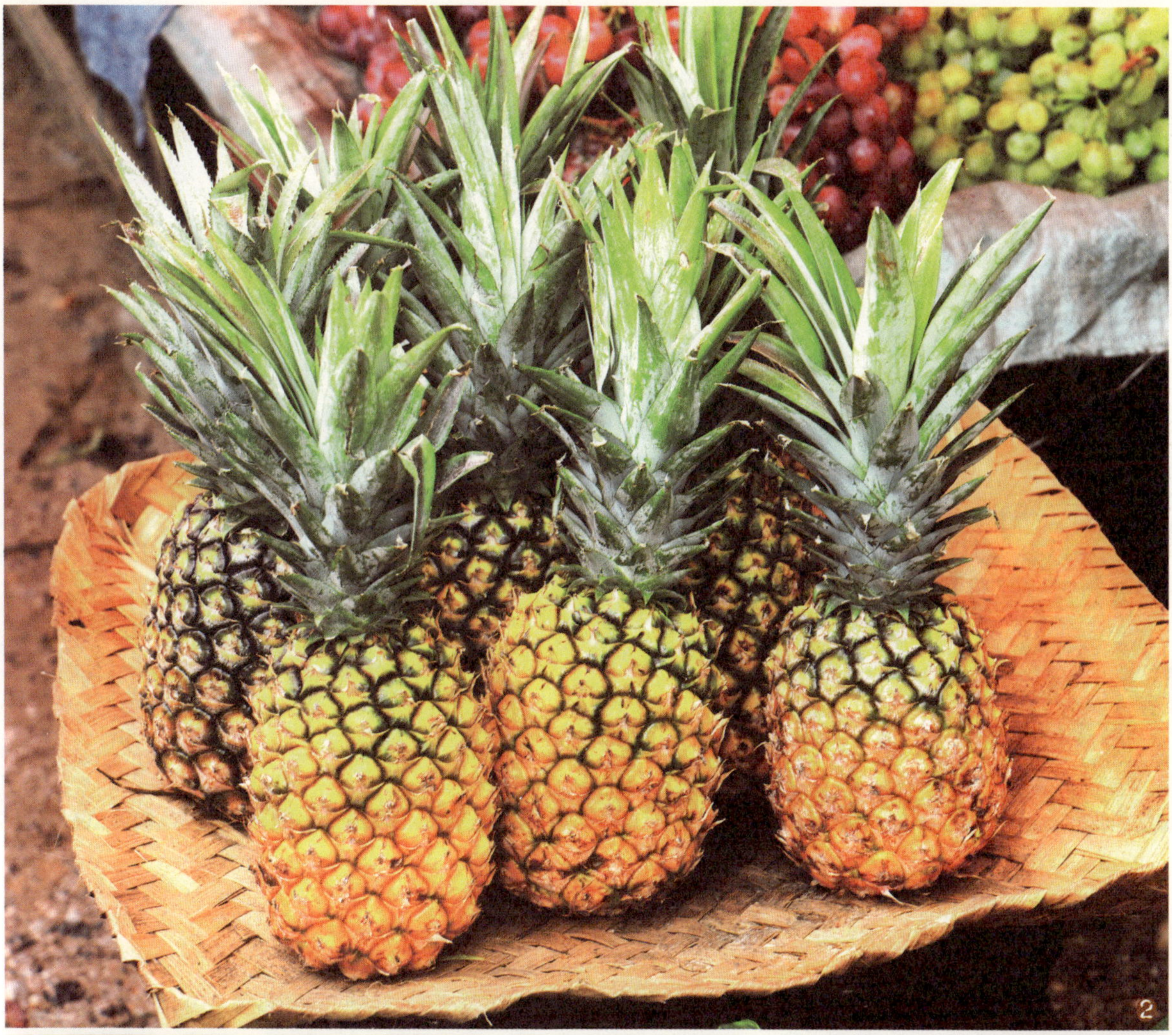
2

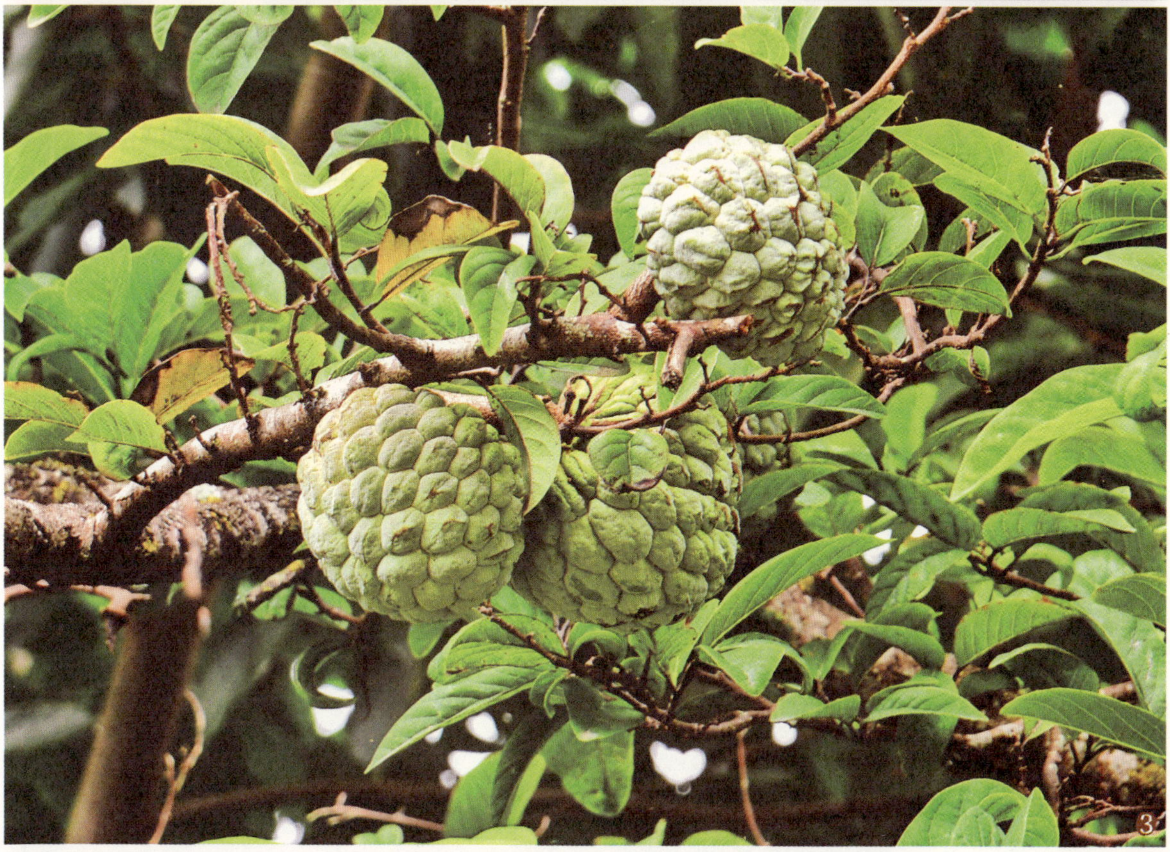
3

甜蜜的肉质，吃起来却鲜美无比。瞧，婀娜多姿的傣家小卜少笑得多甜，甜如溢香四射的番荔枝！

　　来到盛产热带、亚热带水果的瑞丽，没有尝试过鲜果、果汁总感觉旅途缺了点什么。在瑞丽，大街上都会看到五颜六色的热带、亚热带鲜果，晶莹剔透，叫人垂涎欲滴。在这里，你可以购买鲜果，也可以到冷饮店点一份鲜榨果汁惬意地品尝，而瑞丽"觉觉冷饮"是个喝饮品的好地方，当然瑞丽很多冷饮店都能吃到正宗清香的鲜榨果汁。

香蕉林

番木瓜

第三章
品味瑞丽，古丝绸路上的流光溢彩

瑞丽有醉人的风景，有让人激情缠绵的多情节日。那欢乐的水花，如同束束美丽幸福的火焰。那长刀挥动的舞步，那牛车美女铺织而成的中缅胞波狂欢节，醉倒了美丽的瑞丽江。梦里的傣乡，葫芦丝弥漫的地方，中缅胞波情深意长。一寨两国、一桥两国，秘境弄岛，曾经的王城，独树成林，莫里热带雨林，弄莫湖，品味不尽的瑞丽美景，南方丝绸之路上的流光溢彩，总是那么神奇。大美瑞丽，梦的天堂。

水韵福地里的山水情怀

> 瑞丽江，美丽的江，满天红霞倒在江面上，一江碧水漫透了凤尾竹的衣裳。你用悠悠情思，牵来朝霞夕阳，激起五彩的水花，荡出七彩的波浪。

瑞丽江之韵

有人到古老的雪域丽江寻找你，有人到遥远的西双版纳寻找你。魂牵梦萦的瑞丽江，你独守一疆边境，还显迷人的水墨山水风情。柔柔的、盈盈的江水从中缅边境流过，那么璀璨，那么耀眼！弯弯曲曲的江水成了瑞丽一道亮丽的风景，瑞丽江，一条多情的江。红土高原有许多大大小小的河流，如果说云南像一只金色的孔雀，那么这众多的江河，就是孔雀彩屏上的最美翎羽。

瑞丽江虽地处祖国西南边境，但在云南省内外还小有名气。说起它的身世和名字，似乎就是一幅历史的长卷，将瑞丽江的过去一幕幕展现在人们的眼前。随着历史的变迁，在不同历史时期，它有过不同的名字。它的傣名叫"南卯"，也叫勐卯江；元代它取了个汉名麓川江；明代称上游为龙江，下游为麓川江；民国时它得了个傣汉混合语的名字勐卯龙江河。而瑞丽江这个名字的出现，大约可追溯到清朝光绪年间，也许是人们发现江里有沙金，容貌

又很秀丽，就给它取了个意为金水河的吉祥名字——瑞丽江，既像亭亭玉立的大家闺秀，又像个千金小姐，或许便像是孔雀国的孔雀公主。难怪有位词作家这样描述它："太阳从金色的田野上把笑声追赶到瑞丽江畔，美变成彩色的波浪浑身透明闪光。"他这妙笔生花的一追一变，瑞丽江便跃然纸上，呼之欲出。那么瑞丽江究竟有多美？有诗为证："瑞丽江，美丽的江，满天红霞倒在江面上，一江碧水浸透了凤尾竹的衣裳。你用悠悠情思，牵来朝霞夕阳，激起五彩的水花，荡出七彩的波浪"，"孔雀喜浴南流水"，瑞丽江是傣家人心中永远的恋河。

瑞丽江源远流长，从它的发源地高黎贡山算起，到汇入境外的伊洛瓦底江，走了近千里的路程。这位"孔雀公主"在云南省众多的河流姐妹中，是个娇小、任性、调皮的"小孩"，当姐妹们并肩携手向太平洋东去的时候，她却独自另辟蹊径，调头南走，和伊洛瓦底江这条雨神饲养的白象河结伴，一头扎

瑞丽江畔

进印度洋的怀抱,去独闯南亚世界,去装点南国的风景,把一腔恋情献给南亚热带的晴天。

谁说青山有意流水无情?瑞丽江是一条多情的江。如果你站在勐秀山顶俯瞰瑞丽江,你会看到那弯弯的江水从莫里峡谷破门而出,在一马平川的瑞丽坝留恋一番之后,才依依不舍地带着几分眷恋之情,告别了祖国母亲,成了跨国新娘,远嫁到异国他乡去。

假若你有心领略她的甜情蜜意,最好是带着恋人到望江楼前的江心岛上去消夏漫步,让江风轻拂你的衣袖,江水荡漾的水波轻舔你的脚踝,让飞溅的浪花给你送来亲吻,亲身感受瑞丽江的柔

瑞丽江之晨

情。要不就起个大早，踏着朝露到江边去，这里的瑞丽江披着薄薄的雾纱，那江边的竹林、竹楼，江上的小船、人影，朦朦胧胧，忽隐忽现，像傣家含羞的少女。到了正午，当阳光掀起她的盖头，把她照得亮丽无比的时候，她又像年轻的少妇，敞开她丰满的胸怀。而最有诗情画意的是夕阳落山的时候，晚霞把凤尾竹梢镀上金边，浣溪少女的彩裙戏着金波银浪看着她们无忧无虑的神态，像一群孔雀仙女降临江上。这时圆月从竹林后慢慢升起，江风轻吻着月光下的凤尾竹，叮琴、葫芦丝幽幽叩开竹楼的门窗，或许你会看到恋人的倩影消逝在翠竹林中。

只有当你真正了解了瑞丽江的风貌，看着那色彩斑斓的画卷，就像江畔傣家那多彩的生活产生的诗篇。一位浪漫诗人写道："一群群孔雀在水中嬉戏，宛如美人鱼自由徜徉，吉祥喜悦欢乐，像自由的江水流淌。美！不必躲闪，姑娘裸露出胸膛，用温柔的江水，轻轻擦洗着舒畅。宁静不安的天幕上，唯有夕阳爱得大胆，它用五彩的线条，勾画出美的真实形象。"难怪有人把瑞丽江比作温柔贤淑的傣家少女，孔雀之乡的摇篮。

早晨起来，阳光在江水里打着滚，金色的阳光糅合在一起，叠加出瑞丽江不一样的生命狂歌。江水拍打欢乐的掌声，似呼吸，似心跳，它奔突的情感留给从清晨醒来的人们一曲动听的回响和绝唱。人们从江水的流淌声里醒来的，那江岸不高的山顶上，熠熠生辉的瑞丽江金塔坠映江面，那里可曾藏着爱的密码？

有位作家在一首《界河颂》的诗中写道："静静的界河水，闪动着彩色的绸缎，镶着两国的田，映着两国的山，歌声在桥上握手，心儿在江上交谈，那边送来金色的杧果，这边送去菠萝的清香。清清的界河水，掀起金色的波浪，飘着两国的炊烟，淌着两国的花瓣，叮琴在这里拨响，筒裙在这里旋转，缅甸的姑娘来探亲访友，中国的少女去赶摆联欢，这里只有胞波的情意，人民在编织友谊的花环。"这也许就是瑞丽江特有的精彩。哦，瑞丽江，人们永远爱恋着的瑞丽江！

陨落在人间天堂的圣湖：弄莫湖

在瑞丽老城子一隅，镶嵌着一座美丽的天然湖泊，它就是弄莫湖，傣语意为"鱼塘里的荷花藕池"，有着纯洁、高尚之意。这里青山如黛，楼影横斜，清澈的溪流从高高的勐秀山涓流而下，从勐卯古城墙下流过，最后汇入弄莫湖中，丰盈的湖水又从出口流淌入弯弯的瑞丽江向南而去。

弄莫湖公园的面积很大，水域的范围足有 700 亩，加上陆地附属设施面积足有 1500 亩。公园的绿化是目前德宏全州最美丽的。各种奇花异草和珍稀植物应有尽有。每当夕阳西下的时候，湖影与霓虹灯交错出浪漫的世界。尤其到了晚上，更是行人如织，环湖的小径通幽，五步一曲折，十步一环阁，雕刻石栏无所不在，闲庭信步。徜徉其间，无不令人心驰神往，就是再狂躁的人，都会在此找到内心的平静。宁静之水会去除一切喧嚣，让人心静如水。

清晨，雾露弥漫，醉人的太阳光在此散步，痴情的鸟儿唱着春天爱恋的歌，弄莫湖成了游人修身养性的天堂，心灵港湾和梦里醒着的爱之乐园。这时，便是白鹭和各种水鸟嬉戏狂欢

❶ 弄莫湖公园
❷ 弄莫湖中的鹭鸶与荷

第三章 品味瑞丽，古丝绸路上的流光溢彩

091

之时，那便是弄莫湖最为迷人之时。栖息繁衍在湖心岛上的群群白鹭和各种水鸟从梦中醒来，它们欢乐的鸣叫，将弄莫湖喧闹成一个美丽的世界。珠海有情人道，瑞丽有彩虹路，环湖而建的一条宽阔的彩虹路如梦似幻，在以孔雀为造型的路灯的装饰下，显得多情而又璀璨，人在花间走，鱼在湖中游，仿佛如步入了一个曼妙的众香国里而不能自拔。

从棕榈树缝隙望过去，隔水对花影，崭新的高楼与闪耀着七彩光束的摩天轮形成鲜明对比，湖中小岛，只见白鹭翻飞，野鸭成群。立于亭子间，能看到无数的鸟驻足湖面，自在生活。民族文化灯光广场，这里的路灯五颜六色，用孔雀的尾羽做的造型，层层相靠，紧密相连，似是一种团结、和睦的力量，远远看去，就像醒着的一片森林。广场上的三象雕塑成了整个广场的标志。三象开泰，五阁显姿，为弄莫湖景色增添了深厚的文化底蕴和无穷魅力。到了夜晚，来到广场上散步、歌舞的人，人山人海，闪亮而起的各种灯

❶ 弄莫湖公园——摩天轮
❷ 弄莫湖夜景

光,将湖照得彻夜通明,流光溢彩,比起白天更是风情万种。灯光、人影,碧波荡漾的湖水,不觉间心情如花一般的美丽。

水之灵,人为首,五洲宾朋播誉边陲明珠,四海墨客梦回汉唐古渡。万家情迷佛国古韵,侠客闲适珠宝之都。有了弄莫湖,瑞丽变得格外多情迷人,悠悠流淌的瑞丽江水流过千年万年,它承载着的是中缅两国深厚的情谊;而醒着的弄莫湖,它似乎又向世人昭示出瑞丽特有的水之韵、梦之园,无处不闪跳着岁月的狂欢,无处不彰显出浓郁的边地神韵。向往瑞丽,人们都将弄莫湖当作心灵圣湖,瑞丽是晶莹的水做的,更是中缅边境里一块不可多得的灵息之地。而繁花布设的小径,如五彩的岁月旅痕。沿湖观花,让人醉倒在春风里。在弄莫湖,由一朵花开,便让人情不自禁地联想到古老的勐卯果占壁王国昔日的荣光;由一汪湖水涟漪,便让人联想到今日瑞丽的秀美多姿;由一群惊起的白鹭,亦让人联想到置身边境异域思念是如此之深。心便随那湖水一波一波地荡漾开去,像回到一个久远的梦里。

梦境里没有消失的原始森林

瑞丽堪称滇西"绿宝石",良好的绿色植被,把这个璀璨明珠装点一新。当人们进入瑞丽这块风情独特的地方时,除了崭新的高楼大厦,豪华的市区,宽阔的花果大道,最先吸引人们的还是翠绿的山林。那绿色的翡翠玉带,将整个瑞丽紧紧地包裹着,连天接地地缠绕着,无限深情地拥抱着,这种绿色生态下的妩媚,是北方很多地方都无法媲美的。因为有了绿色的森林覆盖,便让亮丽的瑞丽多了诗一般的味道。

这里想说的不是举目远眺就能看到的翠绿的山冈,而是醉卧在瑞丽江岸、南宛河与瑞丽江交汇处的原始密林。这些会还魂的大森林，将人的灵魂统统拴在那里，任岁月怎么变幻都不会脱离。从嘎中江桥进入瑞丽地界，沿着江的右岸前行，人们会惊奇地发现在江的一侧，怪石耸峙，熔岩林立，茂密的原始森林覆盖在沿江一侧，沿江漂流而下，人们便会觉得如去游长江小三峡那样思绪涌起，不知今夕何夕。十里左右的漂江行程，所看到的景物全部是葱绿的原始密林。绿色的毯子，犹如先人遗下的梦，人如浸染在这种绿色的梦中。醉人的林莽，牵引着人们无数的思绪在不停地飙升。在瑞丽江漂游，它让你有一种心情放开后的愉悦，有似敞开心扉的豁达与恬静，有放情水云间的那种淡然和悠闲。不，它让你犹新的记忆又增添上对瑞丽的山魂水魄深深的爱恋。

当你漂游于江面上，幅幅苍翠碧绿的画面映入眼帘，心情是舒缓的，江水流淌的速度是舒缓的，云雾飘起是舒缓的，月亮升起的时候是舒缓的，傣家人唱起的歌声是舒缓的，女人的腰身是舒缓的，人们恋爱的情形也是舒缓的，就连人们说话的声音也是舒缓的。舒缓成了醉人的方式，柔软成云彩一样的富有醉意。当你想再沉浸在这种醉人的感觉，让自己再迷失一下自己时，远处豁然开朗，一下子回不过神来，只见宽阔无边的瑞丽坝子在瑞丽江吊桥和高速公路的跨江大桥中映现出醉人的风情。以前本来没有桥，是时代的飞速发展让瑞丽彻底告别了"养在深闺人未识"的历史。

瑞丽除莫里山为国家铜壁关自然保护区外，还有一片原始热带雨林，位于瑞丽市弄岛镇境内，有一处森林葱郁、泉水涓涓、花草纷呈的地方，这就是等戛三大山自然保护区，又称为南宛河保护区，是铜壁关自然保护区的一部分。包括三大山和围角两个点，像一个巨大的牛角，全属特种用材林，主要优势树种为壳斗科、桦木科、山茶科。主要保护亚热带雨林和亚热带植物群落，以及属国家保护的野生动物。其中有列入国家重点保护的珍稀植物云南石梓、柚木、红锥、楠木、水莲以及塔扇树、鹿角蕨、鱼尾葵，药用植物美登木，重要用材树种心叶水团花、红椿、八宝树，油料植物

①瑞丽龙江漂江游
②新旧瑞丽江桥

油瓜，古生孑遗植物苏铁、树蕨等。林中有列入国家一级保护的野生动物有野牛、白眉长臂猿、灰叶猴等，国家二级保护野生动物有猕猴、穿山甲、云豹、水鹿、熊狸、绿孔雀、蓝腹鹇、冠班犀鸟等。这里西临中缅界河南宛河，一衣带水、情系两国，来到波涛汹涌的南宛河畔或登上海拔1265米高的颇同崩山，耳闻亚热带南林中的鹿鸣猿啸、百鸟争鸣，目睹这多姿多态绿波连片的老林，会使你眼界顿开，耳目一新。由于雨量多、气候热，这里的林木一年到头生生不息，出现花开四季、果结终年的奇特景观。

❶ 瑞丽南管山热带雨林
❷ 龙江钟乳石岸

弄岛是瑞丽江经过弯弯曲曲流淌后的最后出口处，也是瑞丽江与南宛河的交汇之地，南宛河在瑞丽境内流淌了数十公里后，与温柔多情的瑞丽江在此相逢见面，然后变成了伊洛瓦底江滚滚南流进入印度洋。也许好多人不知道，瑞丽的区域从陇川章凤附近就开始了，南宛河流经拉影后便进入瑞丽地界，沿边境从景宛出发，穿过等戛景颇山莽莽的森林后在弄岛与瑞丽江汇合，这条奔腾着景颇族人血液的河流到了弄岛后形成一个狭长的三角地带，全部为原始密林。这些原始密林生活着大量的动物和鸟群，成了飞禽走兽的乐园，很多年前，这里生存着大量的犀鸟，是一座美丽的犀鸟谷。这一热带雨林中古木参天，遮天蔽日，多藤蔓、热带植物，漫山遍野的野芭蕉生长其间，很多人钻进去就出不来。老百姓说，曾有一个伐木工人肩扛一匹解好的木板在林子里穿行，由于将方向弄错了，十天也穿不出这片原始森林。由于热带雨林里山中有山，洼中有林，方向无从辨识，导致很多人不敢穿越这片林子。喜欢探险、摄影和穿越原始密林的人们都曾走进这片林莽。美丽的热带雨林在此形成一道天然屏障，除了有几座界碑静静伫立，这里险象环生，惊险是可想而知的。

有几位游山玩水的猎奇爱好者曾经想徒步穿越这片原始森林。神秘的瑞丽原始森林，像圣诞老人那般可亲可敬、慈祥温和，依稀可见的童话梦境魂牵梦萦，煽动着难以抑制的神游之心，让他们开始上路。他们激动地从等扎开始，穿过一段屏障似的黄竹林，原始森林便黑森森地直立在了面前。深邃莫测，不由得吓了大家一跳。当他们踌躇犹豫之时，一条巨蟒从枯树间横跨而过，但最终他们面对这熟悉而又陌生的森林，并无畏惧，昂首挺胸地走进了山谷。

山谷日渐深远后，他们不得不采下树叶记下回程的路径做暗号。山谷寂静深沉得几乎使人失聪，仿佛整个山谷都是无声地存在着。迷雾在消散，林间依然很幽暗。白云蓝天是森林之上的另一个世界。转过一道山坳，森林更加阴暗，仿佛是山门被关上了一般。寂静深邃的森林又一次考验着他们的胆量。

山神玩弄的果然是一道吓人的招数。走过一片山坳便有一片开阔的山谷，才回到了原始森林的源头，这下举目四望，方知夕阳已快坠入西边。山鸟唤归的啼声惊警而急促，时起时伏的蛙声变成一阵雷鸣，松鼠从高树上刺溜一下回蹿下来，不知是出洞还是归穴，令人留恋的黄昏悄无声息地变成了深深的蓝夜。流过石磴发出琴般叮咚悦耳的溪声也越来越清晰明亮。可是，大伙无法返回山寨里，谁也不吭声，大家相互抱怨着，人多主意多，这下好了。正发急时，闻到一棵蜜杷果散发出阵阵清香，正好充饥解渴。人们倦意开始上身，靠着一棵大树躺下了。黑黢黢的森林里，山风吹得很轻，很轻，大家一夜醒着，

却老在梦中。

东方露出鱼肚白,林影依稀可辨。大家迷糊地看见,天,山脚下有一片大雾茫茫的地方,那不就是景颇寨子等嘎吗?大家惊喜得手舞足蹈,纷纷向山脚的出江口奔去。关于热带雨林的故事还有很多,这美丽的秘境是净土,是瑞丽最为原始的梦境之地。

这是瑞丽目前最大的一片热带雨林,也是最有神奇色彩的一片土地。它处于坝尾的末端,是瑞丽至今保存最为完好的一片热带雨林了。

月光下的凤尾竹

孔雀是百鸟之中的皇后,美丽的公主,婻穆诺娜不就是其中的一个?这些年,傣家一下子冒出个舞蹈家刀美兰,一下冒出个歌唱家金小凤,连那演孔雀公主的李秀明,跳雀之灵出了名的杨丽萍,虽非傣族女性也一样有名起来。真是怪哉!傣族女性美丽的形象为何让人如此羡慕?大概是吃软米太多,其心肠也像软米那样软,因近水而居栖,那脾气也似流水一样柔。来到瑞丽,傣族女性的美丽形象无处不在。当她把"大哥,来我家玩"的汉语说成"宰弄,来家玩我"的倒装句时,准让你笑破肚皮,回味无穷。若她喜欢你,又来一句"高

❶ 沐浴
❷ 刀美兰来瑞丽表演孔雀舞

黑来某（我爱你）"，你却听成"猫吓着狗"，那就像吃了放红糖的酸炸菜，这就是地道的傣味。

傣族女性不仅外在美丽，心灵也很美丽。表面上的美犹如鲜花，美则美矣，但易凋零；而她们心灵之美，犹如好酒好诗，越喝越想喝，越读越爱读，越看越爱看，让人赏心悦目。

傣族女性是有名的贤妻，闲不住是她们固有的天性。大概从"孔雀巢人家树上""养象以耕田"的古代开始，她们在伊甸园里就承担了许多主要劳作，从田里回来就忙着洗衣挑水，淘米做饭，放牛喂猪，给自己的男人端来洗脸、洗脚水，然后摆上米酒干巴，让男人在竹桌旁一杯再一杯，慢慢品尝爱的滋味，醉了还说没有醉。

傣族女性又是那么多情，她们既不打骂孩子，也不唠叨老公，说话轻言细语，软软绵绵，那"宰弄"的称呼，"阿罗"的唱词，"哩育"的问候，"萨罗"的妙音，"入里金旺""米哏米也"的祝福，无不给人留下一种缠绵的味道和温馨的享受。那在别人面前低眉顺眼，垂手弯腰递上喷香的菜花茶，又收声敛气地弯腰拢裙，倒退出去的形态，你能说她们不温顺？

傣族女性是水的精灵。她们一天也离不开水，大概除了劳动外，沐浴就成了第二需要，她们日出而作、日落而息，其中一个重要插曲就是沐浴。用温柔的水花，轻轻擦洗着舒畅，只有火辣不安的太阳爱得大胆，用五彩的线条，勾勒出她们妩媚动人的形象。傣族女性是爱的化身，当深情的葫芦丝吹起的时候，她们的心弦也随之狂跳，爱神的红线已把她们的心悄悄拴在一起。她们的爱情，像瑞丽这方热土上的斑宝花、波罗蜜、杂交水稻一样，早开花，早结果，早栽秧，早割谷，她们早早地恋爱，早早地成熟，来串门的小伙子越多，她们越感到自豪和有脸面。要是找到称心如意的郎君，十五六岁就结婚，一辈子守着老公，守着竹楼，过那波罗蜜一样甜的日子。

傣族女性是悠闲潇洒的，尤其在"出洼"那个季节，赶摆的时候，傣家竹楼里的孔雀飞起来了，单车铃声乍起，一辆单车摩托辗出一支无忧无虑的歌。一路春风往赶摆场赶来，拖来一车欢声笑语，带来一车歌声，让过路的人都羡慕不已。她们能歌善舞，谷子黄就狂起来，说一年狂一回，狂狂又何妨。当摆场卷起彩色旋涡的时候，她们又放纵地轻舒秀臂，略扭蜂腰，那神情既轻松又洋洋自得，那款款的脚步，那左右顾盼的眼神，那有节奏摆动的手势，比起时装模特表演也毫不逊色。

傣族女性精明能干，巾帼不让须眉。观念的改变使傣族女性从竹楼上走下来，走进更为广阔的天地。这倒是应了傣家一句老话："会飞的才是孔雀。"难怪，不少来瑞丽傣乡的男人说傣族女性漂亮，大概有个奥秘，傣族女性少了些富婆小姐的脂粉珠光气，多了些顺其自然的天生美，故一个个出落得鲜活水灵，比若书法她们是柳体，比若音乐她们是《月光曲》，比若绘画，她们是白描。她们勤劳、能干、热情、纯真。用她们自己的话讲："我们是水的女儿。"她们的美，在泼水节里发挥得淋漓尽致，随着水的欢呼声，泼醒了缅桂，泼醒了甜梦，泼醒了爱情，使你不能不爱上傣族女性。难怪著名演员白杨夸那些在田里劳动的傣家女是天生的群众演员。诗人田间说她们是一首抒情的散文诗。作曲家施光南把她们比作月光下的凤尾竹，是跟着金马鹿走进竹林深处的金孔雀。

"月光啊下面的凤尾竹哟，轻柔啊美丽像绿色的雾哟。竹楼里的好姑娘，光彩夺目像夜明珠。"这是我国作曲家施光南创作的傣族乐曲，词作家、诗人倪维德作词。该曲以悠扬的曲调、娓娓动听的旋律，给人心旷神怡的感觉，让人不由联想起那郁郁葱葱的凤尾竹林，那别具一格的傣家竹楼散落在竹林间，有如天上的星子，依山傍水，在溶溶的月光下，竹林中隐隐飘出葫芦丝，幽悠抑扬，清新淡雅。

那月光下的凤尾竹哟，你定是水妖变的精灵，人间最美的造化！

让人激情缠绵的多情节日

瑞丽是一个多民族聚居区,具有丰富多彩的节日,如春天里的盛典、激情狂热的景颇族节日——目瑙纵歌;具有浓郁傣族特色,让人如痴如醉、流连忘返的泼水节;象征着中缅人民深厚情谊的中缅胞波狂欢节;等等。

春天里的盛典:激情狂热的景颇族目瑙纵歌

有一种舞蹈是人神共舞,被视为天地的和声。这种万人之舞就是目瑙纵歌。它把人的声音与节拍和高原山冈死死地焊接在一起,将人的心灵视同一股强大的河流,在春天中沿着春潮涌动的口子尽情地奔涌。男女老少高吼着"哦热热",身背长刀银光闪闪,攒足了一生的脚劲,统一着方向和队列,整齐向着明媚的春天尽力狂舞。天摇地动般的,欢乐如血液奔流,人群似海,鼓浪声声,将万山之间流淌的瑞丽江吼成大地的两支古歌。跳累了就喝一口烈性的酒,壮一壮豪气的胆,抒吐一段情,男人如不落的太阳,女人如清纯的月亮,相依着将天跳黑,将道路跳成曲曲弯弯的舞。

凡是到过瑞丽的人都不会忘记万人合跳的目瑙纵歌。那是瑞丽景颇之舞,激情之舞,春情激荡之舞。如此宏大的舞蹈,排山倒海般顺着一个方向铺开,舞台成了天地的另一个轴心。

参加目瑙纵歌的所有群众凝望着天空,乐队敲响大鼓,随后眺望喜马拉雅山的方向,敲响大铓,接着鸣枪,乐队奏起庄重肃穆的目瑙纵歌主旋律。

这种春天的聚会像欢腾的鸟一样,并开放出生命的花朵。这是人们走向春天的舞蹈,瑞丽的山水孕育出一个雄风浩荡的民族。

关于景颇族目瑙纵歌的起源,瑞丽景颇族民间至今还流传着一个奇妙动人的传说:在很古老的年代里,人类还不会跳目瑙,只有

❶ 目瑙纵歌舞场乐队

❷ 瑞丽目瑙纵歌

目瑙纪念物（2014年5月被云南省档案馆征集收藏）

太阳神"章娃能桑"的子女才会跳，称为"章目瑙"（意即太阳目瑙）。一次，太阳神的女儿过生日，太阳公主"贝佐兰丹"便邀请人间万物去参加章目瑙，人间万物就推举会飞的鸟类前往参加。鸟类从太阳宫返回地面后，在地面举行了"鸟目瑙"（意即鸟目瑙），景颇族祖先看到了鸟目瑙，被百鸟婉转的歌喉和优美的舞姿所陶醉，并且深受启发，便根据"鸟目瑙"创立了景颇人的目瑙。早期景颇族祖先对太阳神极为崇拜。在景颇族的英雄史诗中，开天辟地的创世英雄宁冠瓦，便是太阳神的女婿；景颇族传说中另一位了不起的英雄祖先扎瓦冗扎，也曾娶过太阳宫里的仙女；举行目瑙时竖立在舞场中央高大的"目瑙示栋"神牌上，顶端要用牛血绘制光芒四射的太阳；象征景颇族山官至高无上权威的"日月牌"，同样也少不了太阳的形象。狂舞中，人们在目瑙中很自然地与崇拜对象——太阳神进行心灵的交流，切切实实地感到神灵的存在。民间还有一种传说：远古时期，天空同时出现了九个太阳，不分昼夜地烘烤大地。河水晒干，石头晒裂，人、动物、植物濒临灭绝。于是大家便聚集在一起，商量对策，一致同意推选犀鸟、孔雀率百鸟飞赴太阳宫，请求将太阳减少为一个。犀鸟、孔雀飞越九千座山，九千条大河，历尽千辛万苦到达太阳宫，向太阳神诉说人间的请求，并敬献山珍海味和

第三章 品味瑞丽，古丝绸路上的流光溢彩

❶ 目瑙纵歌男子长刀队
❷ 幸福瑞丽
❸ 瑙双舞场祭祀

金银财宝。太阳神欣然允诺,还让它们参加了太阳宫里的"章目瑙",以后,鸟类就把"章目瑙"移植到人间。

景颇族崇拜木鼓,视其为神圣之物,举行目瑙纵歌时,要将一只古朴粗糙的巨型木鼓郑重地供在祭坛上,鼓声响起,唤起人们心灵的震撼,导致人们热血沸腾,情绪亢奋,向人输送强大的精神力量。"鼓之以雷霆,润之以风雨",通过擂鼓、燃放浓烟、喷水、洒水,抖动树枝,组成形象生动的降雨祈福。景颇族认为位于今青海湖西部的鸟岛是鸟类首次举行"鸟目瑙"的地方,日月山是他们最初开启远征之路的地方。景颇族的发源地,是一个鸟的世界。景颇族传说对鸟图腾崇拜的解释是景颇族在南迁途中曾迷路,因受犀鸟指点,才明确方向。为感激犀鸟,景颇族祖先遂视犀鸟为圣物,加以崇拜。

景颇族的目瑙纵歌舞蹈造型,充分体现了大型集体舞高超的艺术技巧。可以说,世界上任何一个民族的集体舞,在舞蹈造型、规模及气势等方面,都无法与目瑙纵歌相媲美。成千上万人组成的庞大舞队,在庄重肃穆的音乐伴奏下,由两名头戴羽饰冠、身穿龙袍的"瑙双"带领,从北面入场,分成两路纵队,一路朝东,一路朝西,绕场一圈至南端中间处汇合为双列纵队,面向目瑙示栋进发,做象征鞠躬朝拜的舞蹈动作。行到目瑙示栋前,"瑙双"脱离舞队,围绕目瑙示栋四周跳舞。整个舞队再次分成左右两列,各由一名"瑙巴"(瑙双的助手)

击鼓

率领，开始按照目瑙示栋上的云纹，组构规模浩大、场面壮观的舞蹈造型。无论怎样跳，舞队总是在一个完整的舞蹈造型中循环。像这样完美无缺、迷宫般奇妙的舞蹈造型，足以使任何一个观众神魂颠倒，宛若置身梦幻之中。透过庄严肃穆的表情，一股势不可挡、摧枯拉朽的狂飙，却在每个人心灵深处升华着，震颤着、奔突着、翻卷着、燃烧着，跳至舞酣时，它便淋漓尽致地冲向人们的喉咙，引起每个人声带的最高频率的振动，产生振聋发聩的、响彻云天的共鸣："哦热！哦热！哦热热！"此时，景颇族男子手中亮闪闪的钢刀，以及妇女们不断舞动着的彩扇和彩帕，形成长刀的丛林和花的浪潮，其势若翻江倒海，其声如风雷交击。舞者忘情，观者动容。这就是来自天堂的目瑙纵歌，来自大山民族的千古绝响。

吉祥圣水祈愿下的傣族泼水节

在遥远的边地，有一块神奇美丽的地方，绿宝石熠熠闪光，有一个勤劳善良的民族；在大象和孔雀居住的原始森林中，有一个使人流连忘返的节日。这块神奇美丽的地方就是闻名遐迩的瑞丽，这个勤劳善良的民族就是能歌善舞的傣族，这个使人流连忘返的节日就是令人如醉如痴的泼水节。泼水节，一个狂欢的节，一个人间最美的节日。狂欢的浪潮也就如痴如醉，以最豪迈的心花怒放的激越心情去迎接这一盛大的节日。

象脚鼓声鼎沸了，人们成群结队地涌向街头，江边的泼水广场，所有的傣族姑娘都会穿上最漂亮的花筒裙，端着水钵向你走来，或是从竹林间闪出向你泼出一盆清水。人们互祝吉祥如意。水花、笑声、追逐、欢歌，头发湿了，衣服湿了，瑞丽江大道也一片汪洋。当缅桂花在夜色中暗香浮动，傣族人的篝火晚会开始了。他们自制了各式各样的火花。最大的一支火花竟是用一棵树绞开干心

景颇族目瑙示栋

泼水狂欢

制成，还得用专门的支架摆放，喷射的火花可以高过几十米，长达数十分钟。小火花则用竹筒制成，摆在广场四周，四处的火花齐放，真是火树银花不夜天。傣家人节日的欢乐，不仅铺满村寨，而且要送上高高的蓝天。傣家人就用竹竿搭起一座楼房那么高的高升架。每个架上，由两个青年人点放。届时，点着高升——自制的土火箭，它喷吐着白烟，发出嗖嗖的尖啸声，飞向蓝天。聚集在附近的人群，为它热烈欢呼，希望它越飞越高。放了火花，还要把以古老方法自制的贡菲，点着牛油火灯的巨大热气球像一盏盏天灯一般放到夜空中去。幸福的舞蹈跳起来，水泼成了醉人的欢歌。狂歌激动温湿着从天南海北到瑞丽的寻梦人。姑娘唱的歌声，柔媚得使天地都醉了，醉得不省人事。

瑞丽傣族泼水节又名"浴佛节"，傣语又叫"醒栓南楞哈"，傣语"栓南"（浴水），"栓帕拉"（浴佛像），是傣族一年一度的传统节日。一般在国历4月13—17日举行，为期3—4天，当地居

泼水欢歌

泼水节壁画

民将这一天视为最美好、最吉祥的日子。瑞丽的泼水节是东方大狂欢，激情而又热烈。傣族认为，泼水可消灾祛病，吉祥如意。每年的泼水节，瑞丽市委、市政府将这个传统节日增加了诚邀四海嘉宾，以水会友、进行经贸洽谈、振兴瑞丽经济的新功能，并加以推介，并举行大型的巡游表演活动。

泼水节源于印度，曾经是婆罗门教的宗教仪式。其后，为佛教所吸收，经缅甸传入中国。相传泼水节是为纪念七位美丽的姑娘，为民除去一位名叫捧麻达拉乍的魔王而举办的。凶恶的魔王，他滥施淫威，使风雨不定，庄稼难活。他的七个侍女，都是从民间抢去的姑娘，她们看到恶魔给人间带来无穷的灾难，自己也深受其害。但试过很多办法都不能杀死魔王。有一次当恶魔大醉之后，姑娘们假意奉承，夸魔王法术高明，举世无敌。恶魔酒后失言，泄露了自己的致命弱点：他最怕的是用他的头发做成弓箭射向他的心窝。姑娘们趁他酣睡，拔下他的一根头发束在弓上，向他的心窝射去。果然，恶魔的头应声而落。正当姑娘们欢庆胜利的时刻，不料恶魔的头竟变成猛烈燃烧的火球。火球滚到哪里，哪里就是一片火海。大火烧毁了森林，烧毁了村寨，反使人间遭受到更大的灾难，姑娘们惊呆了。她们急忙将火球抱了起来，希望用自己的身躯阻挡烈火的蔓延。不料，火球一离开地面自己就熄灭了。姑娘们只好轮流抱着恶魔的头颅，让它在自己怀里腐化。腐化的脓血玷污了姑娘们纯洁的躯体，乡亲们就打来清水为姑娘们冲洗，一直到傣历新年这天，恶魔的头颅才腐化干净，乡亲们也就在这一天才洗净七个姑娘的玉体。恶魔的头颅烧尽了，姑娘们自身也化作了一只只美丽的金孔雀，飞过村庄，熄灭大火，照亮大地，带来吉祥。后来傣族人民为了纪念机智勇敢的七姑娘，人们就在每年傣历新年这一天举行泼水仪式，以消除灾难，互相祝贺吉祥幸福。泼水节的美名自古就流传远方。每年泼水节一到，嘉宾贵客，亲朋好友就像

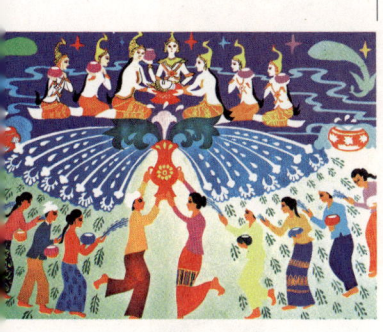

①

②

❶ 2019年瑞丽傣族泼水节开幕式嘎光现场
❷ 吉祥水花

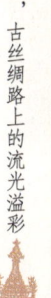

彩霞汇集向朝阳一样，从四面八方涌来。

"水花放，傣家狂。"平时彬彬有礼的傣家儿女，顿时活跃起来了。你泼我，我泼你，一朵朵水花在空中盛开，它象征着吉祥、幸福、健康，青年手里明亮晶莹的水珠，还混合着甜蜜的爱情。泼啊，泼。到处是水的洗礼，水的祝福。朵朵水花串串笑，成了欢乐的海洋。

泼水节期间，傣族未婚青年喜欢丢包、打土电话，进行互相传情的游戏。泼水节另有一项引人注目的活动是划龙舟、跳象脚鼓舞和孔雀舞。如今瑞丽为了节日紧凑，第二日的活动安排改在第三日过，第三日的活

动直接在第二日就进行,将整个节日活动办得热闹而又富有生机。穿着节日盛装的群众欢聚在瑞丽江畔,观看龙舟竞赛。号令一响,早已整装待发的龙舟,一只只像离弦的箭一般向前飞去。每只龙舟上所有的桨,都应着指挥者的铓锣声,岸上的鼓声、喝彩声、水手们"嗨!嗨!嗨!"的号子声,声声响应。整条江,盛满了傣族人民的欢乐。

❶ 千里姻缘一线牵
❷ 泼水节活动——丢包
❸ 泼水节活动——竹筏竞赛

牛车美女铺织而成的中缅胞波狂欢节

每当金秋送爽丹桂飘香的时节,中缅胞波狂欢节都会在美丽的瑞丽江畔举行。代表中缅友谊万古长青的盛典,让中缅两国人民幸福地欢聚在一起,它不仅是代表两国人民深厚友谊的盛会,更是一次共谋发展的盛典。中缅两国自古以来山水相依,村寨相连,情同手足,胞波情谊情长似江水,友谊的颂歌化成了碧波荡漾的瑞丽江。"胞波"在缅甸语中是兄弟的意思,中缅胞波狂欢节期间,美丽的边城瑞丽山笑水笑、歌舞翩跹,不同肤色的两国人民欢天喜地共颂胞波友谊。节日期间,两国边民穿梭两国人民同舟共济的强音来往,你中有我,我中有你。

由中缅两国共同举办的胞波狂欢节与任何节日都不同,这不仅彰显了两国人民的精神风貌,还向世人传递一种和平、和谐、包容的声音,体现出一个激情四射的瑞丽正在走向世界。所采取的活动方式也很独特,牛车美女大巡游。装扮得花团锦簇的古老牛车,在美女的乘驾中风情万种。香车美女梦断魂,花与人忘两由之,节日那种狂欢的气氛,让四方游客如见到一个香艳的唐宋国度。

关于中缅胞波,缅甸民间有个动人的传说。《三个龙蛋》中传说在缅甸北部的崇山峻岭中有一位漂亮的小龙女,这位小龙女与太阳神相恋。太阳神常常到小龙女这里来住,一住就是好几天。有一天,太阳神回到自己的住处去,这时,小龙女

第二届中缅胞波狂欢节在瑞丽江广场举行隆重的开幕式

"中缅胞波节"牛车选美巡游

生下了三个龙蛋。三个龙蛋被雨水带到了伊洛瓦底江，顺流而下。一个漂到缅甸北部的抹谷市时碎了，但是从蛋里出来的不是小龙，而是无数的红宝石，所以，至今抹谷市仍然盛产红宝石；一个在中国云南境内勐卯碎了，变成了一个美若天仙的公主，后来成为中国的皇后；一个顺着伊洛瓦底江漂呀漂，漂到了缅甸南部，变成了一位力大无比的英俊王子，他聪明过人，而且仗义助人，文武双全，最后成为缅甸国的驸马，尔后又成为缅甸历史上有名的骠国国王。据说，他就是蒲甘王朝的开国君主，历史上有名的骠赤蒂。据此，缅甸人民就亲切地称呼中国人民为"胞波"，意即"亲兄弟姐妹"或"一奶同胞"。于是，蒲甘王朝的始祖特授中国皇后之子即其外甥为"乌底巴"，"乌底巴"含有"同胞所生"之意。从此，

胞波节民族风情巡游——缅甸大象队

缅甸人民就把中国人民当作自己的"瑞苗"（意为亲戚）；从此，中缅两国边民语言相通，习俗一致，通婚互市，留下了许多动人的故事。如今，在美丽的瑞丽江畔，美丽的传说还在演绎。

俗话说"远亲不如近邻"，两国人民和睦相处，彼此的友善挂在脸上，那灿烂的笑容敲开了紧闭的心门。大家在过胞波节的同时，没有忘记历史，1957年12月14日，时任副总理的陈毅元帅有感于两国人民之间的友谊，欣然提笔写下了脍炙人口的《赠缅甸友人》："我住江之头，君住江之尾。彼此情无限，共饮一江水。"其实，后来陈毅副总理于1961年3月初感怀中缅友谊，还作了一首《中缅友好诗章》，同样感动人心："燕子湖边几度停，主人好客客来频。不言十日平原饮，

象征中缅胞波情谊的共饮一江水雕塑及陈毅诗碑

瑞苗胞波总关情。匆匆聚会又归程,接送深深感盛情。中缅友好非寻常,彼此亲仁又善邦。"瞧,那飘动在胞波节里的花车花海,不正是两国人民所期盼的梦想么?到2018年10月已整整举办了十八届。自2001年举办以来的瑞丽中缅胞波狂欢节影响力不断扩大,现已成为中缅两国和谐共欢的重要国际性节庆,2018年被国家旅游局评为"中国十大魅力节庆"之一。中缅胞波节那古老的牛车美女,鲜花阵阵扑鼻香,仿佛从一个古老的勐卯王朝巡游而来。时光交错中,如不知不觉遁入一个梦里,不知今夕何夕!

张骞地理大发现中的秘境仙踪

莫里，一个人佛共居的地方。与其说是佛祖保佑了莫里的生态环境，不如说是傣族人守护了这片神圣的土地。而莫里却在傣族人的保护下，水绿山青春常在，一派祥和的原生态景象。

佛祖守护着的莫里瀑布

莫里，是深藏于瑞丽灵谷中的世外桃源，是佛祖守护着的最后一片热带雨林。而这片热带雨林中，山泉飞瀑，流水潺潺，热泉滚沸，宁静中孕育着无限的生机。当你走近它那一刻，你的心灵得到净化的同时，灵魂会得到一种超然物外的洗礼。

这里是佛祖来过的地方，是佛祖保佑了莫里的美丽神奇。在瑞丽傣族人的传说中，佛祖来瑞丽时，曾在莫里的一个山洞中居住过。山洞附近的溪流弹琴、百鸟唱歌，天天用天籁之音为佛祖唱颂歌。溪流之顶，一条飞瀑，恰似银河落九天，又像花果山的水帘洞，珠玉般的瀑流，织成一道玉帘瀑布，大概也只有在银河才能见到这样的美景。至今，瀑布仍保留着千万年前的模样，大概也是沾了佛祖的光吧。因为佛祖住在这里，一头神象便在这里掘出两塘温泉，大塘供佛祖沐浴，小塘供佛祖

❶ 莫里瀑布
❷ 莫里佛掌印石

洗脸。傣族人称温泉为神水，傣族人用此水洗浴饮用，老人长寿，青年体壮，姑娘肤如玉脂。传说佛祖离开莫里时，神象悲泣难舍。佛祖说，那给你留一个念想吧。佛祖在青石板上，踩下一个脚印，留给了莫里的傣族人。如今，供奉在水塘畔的石板佛脚，仍清晰可辨，天天有许多傣族人来这里顶礼膜拜。

莫里，一个人佛共居的地方。与其说是佛祖保佑了莫里的生态环境，不如说是傣族人守护了这片神圣的土地。而莫里却在傣族人的保护下，水绿山青春常在，一派祥和的原生态保留至今。

为什么叫莫里，一说是因佛祖来过这里，莫里为梵语音译，即宝贝之地。一说是傣语译音，炼铁炉之意。因这里有铁矿，山形就像一座炉子。人们望着大美神奇的莫里，认为无论是什么意思，莫里，就是美丽的代名词、神奇的化身。莫里，是瑞丽的又一个美丽的地方。

沿着幽静的小径寻去，一股清凉的气息扑面而来。香花美草下的林莽曲径通幽，狭窄的天空和着低垂的雾气在周围四处弥漫，它卸下了你的一路风尘。莫里也被当地人称为扎朵。当地山民说，莫里山是铁锅山，山中埋有大量的宝藏。铁锅山是金色的梦，梦里闪烁着金色的光芒，

这弥漫在峡谷里的雾雨，难道是那时残留下来的云烟？或许从那时起，这里就有了莫里铁锅山的芳名不知，只是那云烟终年不散，忽飘忽游，忽浓忽淡，障人眼目，把峡谷淹没在雾海之滨，让人神秘莫测。云烟化成晨雾，在每个山洼每座山峰流转，变成不散的云霓，笼罩着重重朦胧的山峦，遮掩着人们光怪陆离的梦想和百折不挠的探寻。蝉噪林逾静，鸟鸣山更幽，吸着清新的空气，那生命的无数感悟早已滋生心间，诗涌寂寞的心田：莫里，年轻的我得不到你，只有唱一支民歌把你贴近；坡再陡，山再险，我依然是一个痴情的汉子，用苦恋的心吻你发样浓的密林；莫里，我被你醉了，醉得忘了归家忘了夜临，你是我梦里奢求的世外桃源。莫里，我带不走你，只有那爱的瀑布，留下一份箴言，只有相思的伤口，用你心口流出的滴滴温热把它烘干。诗由心生，诗如灵山里的圣泉，那狂奔的诗情早填满了激情难耐的心胸，每迈动一步，都让人感动，秀色可餐，景色成了至情至爱的侵袭和环绕，灵魂的归宿。吟哦间不觉已入雨林深处，此处别有洞天。石头记云："西天佛祖走一回，巨石留下佛脚印，扎朵飞来佛脚印。"难道是吴承恩写《西游记》时也曾到莫里云游过？

莫里一景

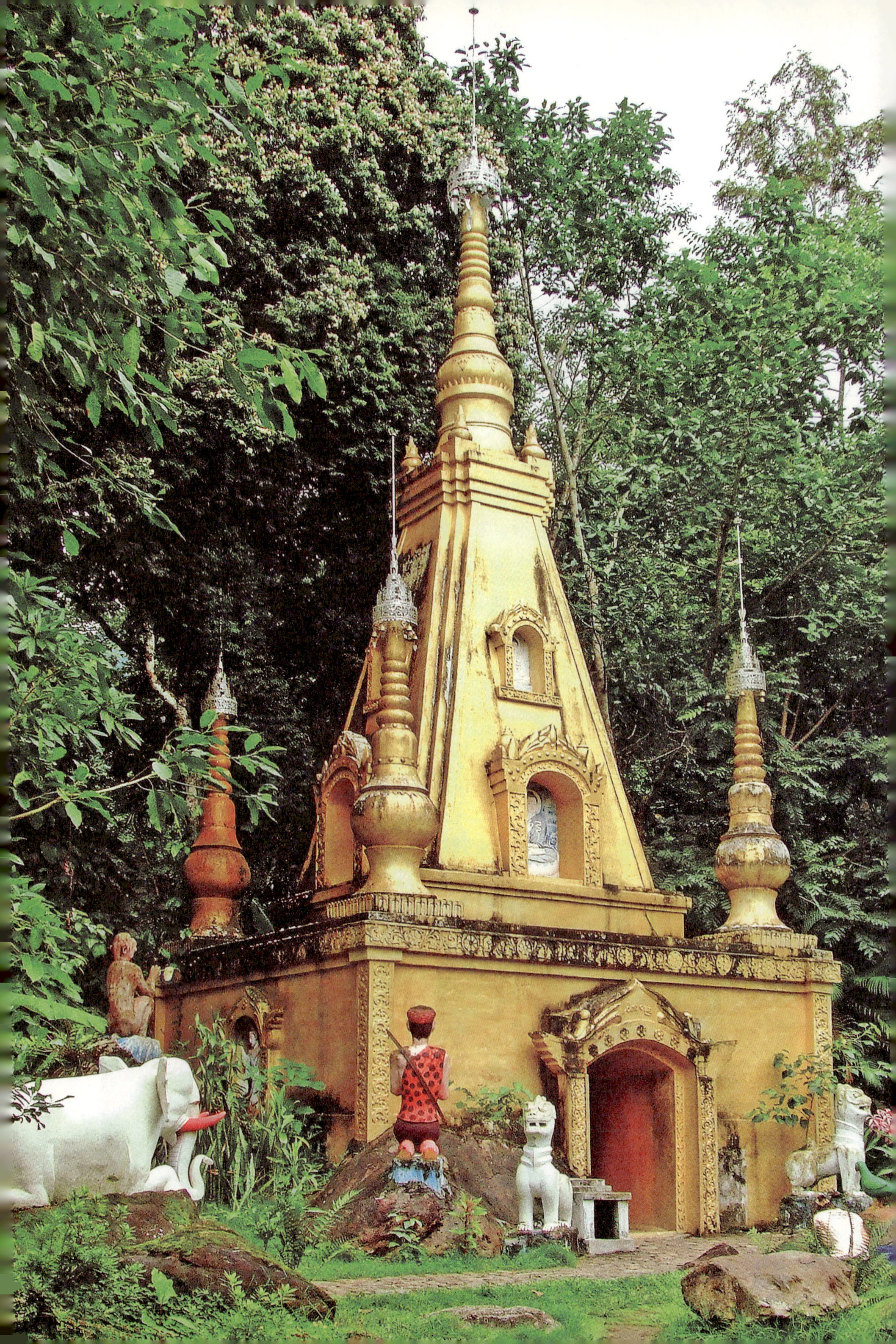

沿山溪溯流而上，步行不久，一个仙境般的仙池便映入眼帘，水如碧玉山如黛，云想衣裳花想容的醉人景致。人们都说花果山水帘洞美，大概也不过如此。你看这翠谷的景致，倒仿佛来到武陵人捕鱼的那条小溪，只是落英缤纷的不是桃花，而是四野绽放的野樱花罢了。细听那喧哗的水声，好像在演奏一支唐宋古乐，既有高山流水，又有梅花三弄，既有汉宫秋月，又有平沙落雁，遂生发出几许怀古之悠情，忘却了红尘许多烦恼之事。伴着叮咚水声，又见一泓喷珠溅玉的温泉，好似深山密林苍郁，一轮掉落翠谷的弯月亮，林木的倒影使温泉更似碧玉，流云的倒影使温泉更加飘逸，那层层涟漪轻轻荡漾开来，原始的轻柔和春夏秋冬像反复轮回的岁月一样平静，缠着水草的传说，蕴藏在淡蓝色的水底，只有林中的翠鸟和牧羊人知道。

榕树的森林：独树成林

瑞丽多榕树，不论你走到哪里，都能见到榕树那葱郁的身影。不论在路旁、寨边，还是田间地头，榕树的身影都会伴你走过春、夏、秋、冬，无不被它那极度强大旺盛的生命力而深深吸引。

榕树属高大乔木。一年四季常青的叶片缀满枝头，象征着勇敢顽强和生生不息的生命。枝干伸向蓝天，根深深扎入泥土中，远远望去，绿色的生命博大宽广，笼罩着四野，赤诚地眷恋着脚下的大地。一棵榕树就是一蓬醉人的绿荫，一棵榕树就是一道亮丽的风景。傣族人都视榕树为神树，每个寨子几乎都有一棵榕树。绿荫遮挡了傣族人多少风雨，那风景不知迎来过傣族人多少甜蜜的爱情！

莫里佛掌印石塔（南向北照）

春天，新芽不断增强榕树的绿意，把傣族人的喜悦心情写在榕树上，长在了枝杆上；夏天，像一把伞，遮住了骄阳，挡住了狂风暴雨；秋天，绿叶不会枯落，傣族人扛着一捆捆沉甸甸的收获，从榕树下幸福地走过；冬天，榕树将厚厚的温暖焐着，寒冷被远远地隔在榕树的外面。白天，榕树下的傣族老人和小孩分享着榕树赠给的宁静，或笑，或坐，把榕树当作自己的亲人静静守护；夜晚的时候，月光挥洒下的榕树是男女青年谈情说爱的最佳场所，爱的窃窃私语，被榕树永远记住，并得到了榕树深深祝福。这时的榕树成了媒婆，成了他们至爱的父母。

都说独树不成林，可瑞丽真有一棵榕树，叫"独树成林"。但能修得千年树，无忧无虑过一生。望见这棵独树成林，你就会想到那些永恒的爱情，那些爱恨情仇下的刀光剑影。生命力之顽强，它

独树成林

那么充满生机，对泥土如此坚贞。大文豪郭沫若看到此树后，欣然提笔刻石留念，才得以让这树光耀华夏。据说，他正是看到这棵"独树成林"才激起了创作流芳千古的《孔雀胆》《凤凰涅槃》灵感，成为中国浪漫主义戏剧之杰出典范。无数的时光从它的眼前滑过，它依然故我，傲立苍穹，默立和守候，本身就是瑞丽一首壮美的诗篇。

瑞丽独树成林，终年郁郁葱葱，高耸挺拔，好像是专门站在那里等候远方的来客，瑞丽人称它为"迎客榕"。这棵大榕树有七十多条气根，千年岁月更迭，斗转星移，时光飞逝，不管岁月怎样流逝，不管时间怎样无情，榕树依然还是那么矫健和葱郁。它那充满希望的光辉一直是人们前进的动力和航标。

人们都以为这里是浓郁茂密的森林，其实这片森林只是因为有一棵榕树的存在而形成的。这棵榕树已经在世间存活了五百多年了，它像一个人，一直陪伴着滔滔南流的瑞丽江。它不只是一棵树，那是梦里的一个醉人的绿色世界。

人们不会忘记这棵树，就在那凛冽的风中，它展示出的形象是醉人的绿，就是那绿，飘动起希望的叶片，有阳光闪烁，有傣族人家不泯的炊烟浮动。它生命的高枝里，流动着这样一股滚烫的血脉：那是傣族人的阿公开山劈狼的长刀跳动起变形的月亮，是傣族人没有炖熟的梦在孕育。这是生命之树，不论人们走到哪里，都将一直思念这独树成林！瑞丽、瑞水有灵物，这分明是人们心中生长着的一片森林啊，它不仅仅是一棵榕树，它像诗，更像醒着的一个梦！

芒林独树成林景区

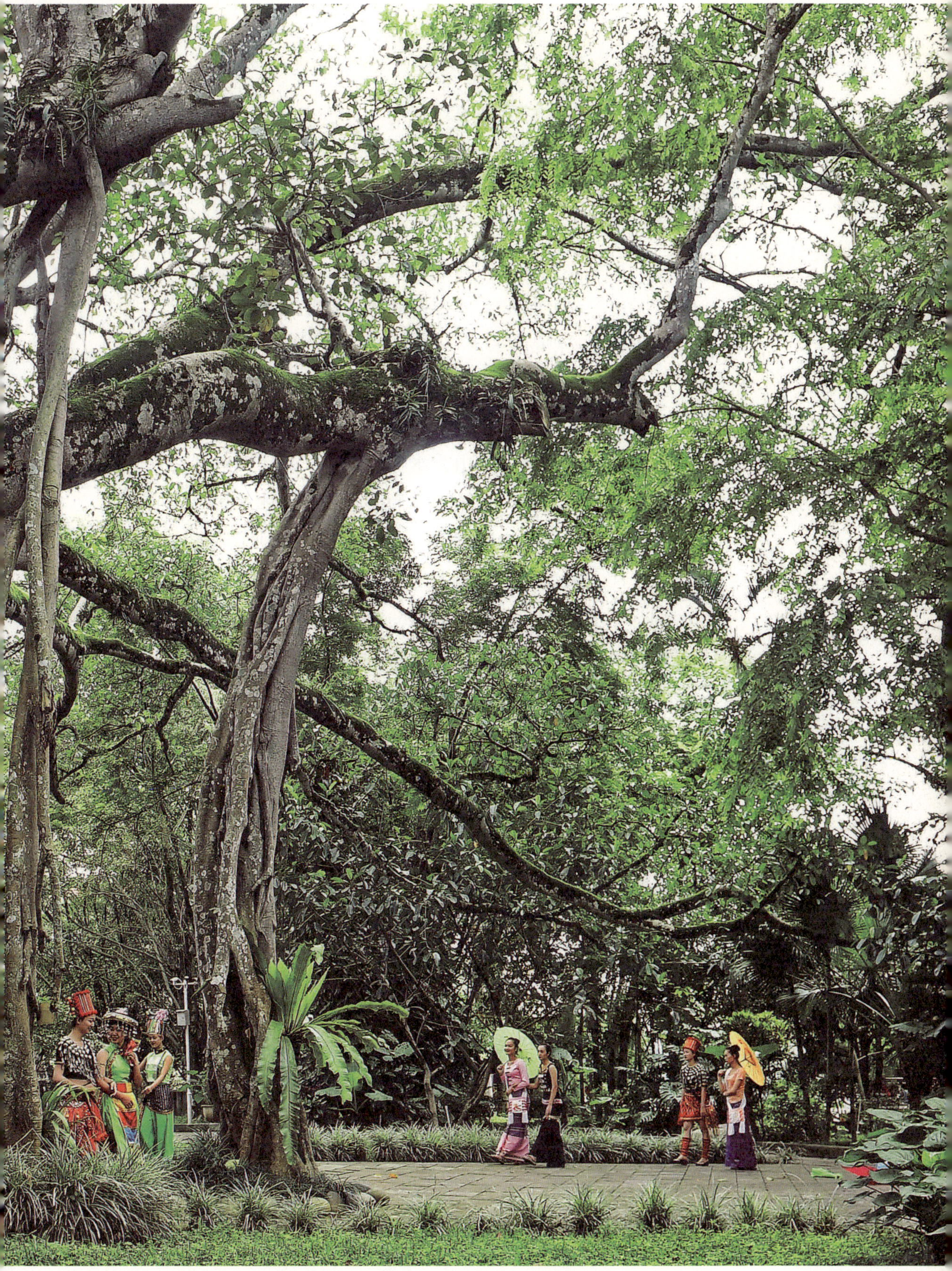

景颇族娱乐的珍宝：淘宝谷

如果你是热爱珠宝之人，如果你是喜欢放情山水之人，如果你想亲身体验在大自然的旷野中淘宝的乐趣，并以一种独特的方式留下满满的回忆，那瑞丽淘宝谷将是你不错的选择。

这里曾是景颇族人定居生活的一方灵谷净土。

灵山秀水藏奇珍，魅力四射耀边陲。淘宝谷，集天地之灵气，在瑞丽灵山秀水的浸润下，如宁静的孔雀在此幸福地跳舞，它是特意为诗画般的瑞丽滋生出的一块放牧心灵的奇异港湾，是让寻梦之人到了瑞丽能亲手淘宝的地方。谷地由于有一条南姑河流淌，并有优劣不等的宝石被日夜涓流的河水冲刷而得名。由于这里是世界著名的宝石成矿带，沿清澈的南姑河绵延约10公里，是宝玉石成矿最富集的区域之一，尤以蕴藏红、蓝宝石而闻名中外。这里淘宝是自己亲自到河里淘，能在大自然的旷野中寻找宝石的乐趣，未知的变数让人期待着好运降临，大大增加了其淘宝的神秘性和刺激性，得到的收获是你往往意想不到的。卷起裤脚，撸起衣袖，或独行，或邀约心上人或亲朋好友，有小孩的最好也带着自己的小孩去，拿上小铲和必要的工具便可在一条水流不算急的南姑河里淘宝了。小孩最喜欢这里，他们可边玩边捞蟹摸虾，在这里参与寻宝，甚至还可以打水仗。哪怕有小小的惊喜都会让他们感到很开心，无数的快乐与馈赠都是弥足珍贵的。这也是瑞丽最有吸引力的地方，这样的愉悦之情本身就充满了各种梦幻色彩。如果运气好，不仅能从中得到娱乐，还可得到惊喜的收获，且有专门镶嵌珠

❶ 游客在淘宝谷淘宝
❷ 淘宝场

宝的人士亲自将你辛苦淘到的宝石立马打磨后戴在身上,自豪得意之时,留下一个美好的回忆,何乐而不为呢？当然,你辛苦淘了一天一无所获也不要紧,重要的是体验过程,开心是最为重要的。

蜿蜒的南姑河水夏天水流会急一些,到了冬天就更加清澈,凭眼睛也能看到闪闪发光的宝玉石所处的位置,只要眼尖手快,一切不在话下。水浅的时候,来自天南海北的人都喜欢到这里淘宝,由于这是唯一的一个天然淘宝谷,因此变得从未有过的热闹。河滩上满是人,大人小孩年轻人什么人都有。尤其淘到宝石的女孩们,她们着迷而惊喜的尖叫声,互相追逐争抢的嬉笑声,会传染给聚精会神淘宝的人们。但一天下来,有人眉开眼笑,有人愁眉苦脸,这一点也不奇怪,只怪自己昨晚没把梦做好吧。这不要紧,你在这里一点也不会失望而归,定

第三章 品味瑞丽,古丝绸路上的流光溢彩

127

能让你得到满足：有人专在这里提供参差不齐的缅甸、斯里兰卡宝石供你挑选，弥补你未曾淘到宝石的那种缺憾。

如果你对淘宝不感兴趣，那也不要紧，这里养有骆驼和孔雀，还有南方亚热带地区极罕见的白羊驼。白羊驼是极温顺的动物，见到你来它会来舔你的手心，跟着你漫步，感觉从未有过的温馨。而看孔雀表演那就十分壮观了，上千只蓝孔雀瞬间从四面八方的山林飞到一个广场上，它们觅食、喝水、跳舞。只要你在宽大的观赏台选择一个理想的位置，便能看到美丽孔雀开屏那激动人心的画面。

这里有等戛景颇族最可口的饭菜供你享用，有最好的风情民宿可供你住宿，有最具美国乡村风格的舞厅供你撒野。应该说，淘宝谷的景颇族人家什么都为你考虑到了。由于南姑河淘宝谷位于中缅边境地带，是南姑河的一条小支流流经的地段，地势相对宽阔，绿色植被遮天蔽日，其风景较为奇特。南姑河上游是中国边境上的宝玉石矿带的一部分，近百年来先后开办了大大小小的宝石厂。因其宝石分散，开采费用极高，交通不便，导致宝石厂

❶ 瑞丽市文化和旅游局开办的淘宝谷餐厅
❷ 瑞丽文化和旅游局开办的淘宝谷客房
❸ 孔雀

全部关停。然而，随着山水冲刷，不少大小宝石被冲到河里，沉于河床，混于泥沙之中，因其量多，只要去淘，多少都有收获。所淘出的宝石有的可供观赏，有的可做首饰，若走运的话，也能淘到价值不菲的纯天然宝石和翡翠原石。

淘宝谷的奇幻之旅，一个不一样的神奇之旅！

梦里傣乡：水边栖居的诗性民族

傣族人总是临水而居，善于在水中捕捞鱼虾，喜欢在水中沐浴，是我国最早种植水稻的民族之一。最高的誓言称为"滴水誓言"，亭亭玉立的傣族少女柔情似水，所以人们习惯把傣家誉为"水的民族"。这是一块多情的土地，这是一片宏天奇水滋润着的醉人傣乡。圣水润泽下的瑞丽坝子，多了一些水之神韵。

傣族历史悠久、灿烂，光芒四射。在汉文史书中，先秦时称其为"百越"，汉晋时称"滇越""掸"（或"擅"），唐宋称"金齿"，元明称"白夷"，清至民国称"摆夷"。傣族则自称"傣德"和"傣勒"，分别意为"上边的傣人""下边的傣人"。外人习惯称为汉傣和水傣。新中国成立后，正式将

傣族新竹楼

瑞丽江中取圣水

其名定为"傣族"。

瑞丽傣族先民与我国古代东南沿海的越人部族有密切的渊源关系。早在西汉时期，就被称为"滇越"，建立了神奇的"乘象国""骄赏弥国"，傣语称为"勐果占壁"或"勐卯弄"。东汉被称为"掸"。

瑞丽傣族先民就属于"滇越"，是我国"百越"民族中最西南端的一支。"滇越"一词始见于司马迁的《史记》，是汉文正史对瑞丽傣族先民最早的记载。汉以后，今浙江、福建、广东的越人逐步与汉族融合。而广西、云南、贵州、湖南、海南、台湾等地仍有越人部族分布。越人具有共同的文化特征，如双肩石斧、夹砂印纹陶、共同的语言、干栏式建筑、文身、种植水稻、舟楫水行等等。这些文化特征至今仍保留在瑞丽傣族之中。

唐宋时期，瑞丽傣族先民先后归顺于南诏、大理地方政权，史称"白衣"。元明时期，瑞丽傣族进入了一个非常强盛的历史发展阶段，史书称"百夷"或"麓川"。清朝至近代，"白衣""百夷""摆夷"中的"白""百""摆"是傣语的同音异地译，"夷"是汉族对少数民族的泛称。不管历史称谓如何变化，傣族一直自称

"傣"。新中国成立后，根据傣族人民的意愿，正式称为"傣族"，汉字的"傣"，是国家专门为命名傣族而新造的一个字。瑞丽傣族之所以称为"傣德"，是与其他地方傣族的"傣勒"有区别的，无论从饮食、住房、起居、习俗、服饰等方面都有一定的差别。

  傣族喜欢栖居于水边，所住竹楼就是适应水上生活的，幢幢竹楼大多以竹篱相隔，自成清幽的恬静院落。那些高大挺拔的棕榈树、槟榔树，枝叶茂密的柚子树、橡胶林、高大的榕树和果实累累的杧果树以及那摇曳多姿的凤尾竹，把一幢幢竹楼掩映在茂林修竹之中，真是美极了。傣家的竹楼，俗名又叫"干栏"，是傣族人民勤劳智慧的结晶。这种"干栏"式的建筑，除柱子、楼架是用三十多根质地坚硬的原木外，楼板、墙壁均用竹子编制而成，屋顶用"草排"覆盖。虽然在外室仅开一小窗，但凉风能从竹壁隙中透入，即使是酷热的夏天，也有十分凉爽惬意之感。专家考证说："傣族是我国古代南方百越族群的一支。百越族群的一个显著特征就是干栏式建筑。"在《岭外代答》里有如下记载："结栅以居，上设茅屋，下豢牛豕。"在傣族自己的古歌古籍中记录着竹楼的发明及经过。在有关史籍记叙傣族的生活习俗时，几乎都要提到传统的楼居。

  也许，你早已到过瑞丽，饱览了凤尾竹林间，槟榔树下的竹楼风光；也许你正盼望着有一天能亲自领略一番瑞丽月光下的竹楼风情。不论你是早已到过，也不论是你正要成行，不论竹楼在你眼中已是一个实体的幻影，也不论竹楼在你心中只是梦里傣乡的一幅梦幻，瑞丽傣家竹楼总是一个令人回味、令人憧憬的美好栖居地。竹楼不但是一种古老的、实用的建筑，还是一种最入画、最具民族特色的艺术。竹楼，傣族人民独特的建筑艺术，我国民居中的一朵奇葩，在世界建筑史中也有灿烂的一页。竹楼，以它古朴的情怀和身躯孕育着傣族人，以仁慈的胸怀护佑了傣族人，以它的诗情画意陶冶着傣族人。居住在竹林中，就在不经意间，晨雾笼罩的凤尾竹林中，一群穿桃红紧身上衣、着五彩筒裙的傣族少女，从江边汲水而归。那婀娜多姿的身影，那银铃般的笑声，那仙境般的画面，不时出现在人们的眼帘。竹楼的神韵留给人们的遐思是久远的，值得回味的。当人们听到葫芦丝曲子《湖边的孔雀》，你一定会想到瑞丽，想到傣家的竹楼。梦里傣乡，水边栖居的民族！

　　说到傣乡竹楼，就不得不想到傣乡的凤尾竹。说瑞丽是边陲竹乡，这是当之无愧的。进入一望无垠的瑞丽坝子，首先映入眼帘的是那些青翠欲滴的大龙竹、凤尾竹、埋桑竹、疙瘩竹。隐蔽在绿荫丛中的幢幢金色竹楼，芭蕉是它的门户，竹林是它的围墙，竹林深处有傣家。清晨，绿竹披上薄薄的雾纱，显得苗条秀气，像含羞的傣家少女。

　　人们说，这些竹挺拔俊俏，茎节匀称、青枝绿叶、晶莹滴翠，它不仅外形美，而且质地坚韧，具有精神美，无怪乎傣族人爱竹。傍晚，使人陶醉的葫芦丝声从金竹丛里冒出来。那绿竹掩映的奘寺，那绿云上的金顶塔尖，那竹竿上飘拂的旗幡，那银顶金篱的竹楼，那上下颤动的竹桥，那孔雀羽般的竹梢……这时，跨进好客的傣族人家，你会发现傣族人爱竹如命，他们和竹结下了不解之缘。那堆满谷粒的是竹囤，那跳动在少妇肩上的是竹担、挑箩，系在少妇腰间的是扁帕，飘着彩带的是笋帽，围庭院的是竹篱，请你就座的是竹凳、竹椅，喝茶、喝酒用的是竹杯，就餐用的是竹桌、竹筷，就寝用的是竹床……无一不是和竹连在一起。翠竹把秀美献给了傣族人，傣族歌手把歌献给了翠竹。一位歌手这样唱道："哦！青玉的竹、墨玉的竹、红泪斑斑的竹，金黄如霞的竹……我心中高兴时，就用你做一支脆响的竹笛。七个笛孔，流出七种欢喜，都随清风飘去。"是的，当你用竹杯喝着馨香的竹筒茶时，当你用竹碗饮着淳郁的糯米酒时，当你品尝着用竹筒烧的饭、竹筒焖的鱼、竹笋炖的鸡时……你会感到竹之美、情意之深，感受到瑞丽傣乡浓浓的竹韵、竹情。

奇彩风光：瑞丽从来自古景上新

> 每当清晨，像在边境吹荡起一阵五颜六色的和风，缅甸的小学生成群结队，过境来瑞丽边境学校上学，学的是中国话，唱的是中国歌，写的是中国字。

边境上"最小的留学生"

在瑞丽漫长的边境线上，有一种风景是最迷人的，就是从缅甸跨境到中国境内读书的小学生。这些与中国孩子有不同肤色不同穿戴的小学生，他们带着梦想而来，跨过边境的界河、小桥，踏着清晨的雾岚，背着书包，来到中国这边的学校读书，每每见到如此动人的画面，便让人情不自禁地想到了童年。是的，如此美丽祥和的边境，孩子上学的事就不必担心了，再高的围栏他们都能跨过，尽管他们是缅甸的孩子。畹町、瑞丽、姐告、姐相、弄岛，只要在学校走一圈，都能看到缅甸孩子那欢乐的身影。琅琅的读书声，融合成一种浓浓的气息，在宽敞的教室飘溢。每当清晨，像在边境吹荡起一阵五颜六色的和风，缅甸的小学生成群结队，过境来瑞丽边境学校上学，学的是中国话，唱的是中国歌，写的是中国字。

这些缅籍学生大到高中，小到托儿所，幼儿园，人们都

称为"最小的留学生"。和中国小学生同享一片蓝天，将学校当成了自己最幸福的家园，共同的学习成长经历让他们不知不觉便喜欢上了中国。由于缅甸教学条件没有中国这边优越，加之深受战乱影响，不少缅甸家庭都将孩子送到中国学校来读书。他们的待遇和中国这边学生的待遇没有任何差别。一般缅甸学生都很听话、勤奋，这让老师都很感动。优越的读书环境、良好的学习条件，让这些缅甸孩子受益匪浅。

每年的春节，缅甸孩子的家长便带着孩子逛公园、逛景区，这成了瑞丽街头的一大风景。瑞丽早已成了他们的家，这与时代的发展、经济的繁荣是分不开的。只要你到瑞丽街头走一走，商家的用工不少是缅籍工人，他们或务工，或经商，或卖珠宝玉石，深深融入了瑞丽的社会经济建设中。

人的纯洁心灵是从小就开始构建起来的，人一生的成长离不开儿时的成长，这些边境"最小的留学生"，想必成长的梦里，一定有和平的影子；无数憧憬的梦里，一定会从瑞丽开始。因为瑞丽这块多情的土地，早已为他们点燃了希望及爱之梦。

喊沙村寨门

最美边寨数喊沙

这是陨落在时光里的一座古老王城。如今依然散发着往日的荣光。这里有金色的阳光，林立的古榕，孔雀与白鹭最爱在此栖息。

在瑞丽，几乎每个村寨都有一座奘房，比如大等喊寺，传说佛祖传经布道路过此地，住了一夜，信徒为了纪念他的恩泽而修建了这座奘寺。寺宇始建于清乾隆年间，在瑞丽所有奘寺中，颇负盛名。它的建筑别具风格，三层硬山顶重檐楼台，左右两间重檐顶亭阁，穿抖走廊与亭阁相连，俨然似傣族风格的古代宫殿。又比如弄安金鸭塔，是历史悠久的重要见证，是勐卯境内仅次于姐勒金塔的又一塔群。进入寨子，就可看到一座凤尾竹环绕、古榕垂须、别具民族特色的建筑，这就是远近闻名的喊萨奘寺。它和秀丽的傣家竹楼，组成了一个协调统一的建筑群体，它是傣家民族建筑之精华，傣族文化荟萃的艺术宝库。据傣文史籍记载，在勐卯古国时曾一度为其京都，也传闻它最早是鸳鸯栖歇之地。这里以幽静见著。寨里绿竹幽径、榕树绿荫、花开四季、果结终年，佛寺点缀其中，组成一幅美丽

的油画景色。殿内，一尊巨大的释迦牟尼佛盘腿坐在莲座上，雍容端庄、神态慈样、线条流畅，给人一种神秘莫测的感觉。寺顶和四壁绘有孔雀、白象、麒麟、宝塔等彩色图案，栩栩如生，尤其是那对金色的鸳鸯特别引人注目。寺梁上挂着许多长幡，五彩缤纷、琳琅满目，每条长幡都是一件艺术品。佛台前放着一个十分精致的宝座，那是佛爷讲经布道的地方。奘寺是一座典型的干栏式建筑，房顶盖以镀锌铁皮花，脊上有一座塔式宝顶，奘旁有泼水亭，还有一骑鸳鸯的仙女，四围花果飘香。每当傣家节日到来之际，朝拜的香客和参观的游客络绎不绝。这里还是多部电影、电视外景拍摄取景地。

走进美丽的喊沙，昔日的王城已荡然无存，但傣族风格建筑基本保存完好，那承载着千年历史文化的古老佛塔无不透露出大量的历史信息。佛塔在灿烂阳光的映照下，闪射出万道金光。这里宁静、祥和、多姿，视野空旷开阔，一幢幢竹楼掩映在凤尾竹和古老的榕树群中，居住在村子里勤劳的傣家人日出而作，日落而息，整个村子被广袤的田园所包围。保存完好的传统傣家竹楼在佛塔与凤尾竹的掩映下显得纯情而又自然，难怪"喊沙"用汉文翻译过来为

❶ 喊沙新貌
❷❸ 喊沙村景

"黄金休憩地"。据史载，这里曾有王城修建于此。

顺着寨门往里走，村子道路的两旁建盖起了幢幢竹楼，平整的水泥道路向村子深处尽情延伸。在喊沙奘寺的旁边，新修建的文化广场中央矗立着一座独具佛教文化色彩、美观大方的"三象开泰"雕塑，广场四周被竹楼所包围，广场的外延就是摇曳的凤尾竹和上了年纪的古榕树群。文化广场与喊沙奘寺连为一体，佛教文化与民族文化相得益彰。

喊沙，古时称为"罕萨"，喊沙之神奇，得慢慢品，细细

第二章 品味瑞丽，古丝绸路上的流光溢彩

137

地欣赏。昔日是王城，今日是乡村大花园，每户人家的竹楼都掩映在凤尾竹和榕树群中，寨子依然过着田园牧歌一般的生活。寨心的广场是举办泼水节的地方，同时也是人们体验傣族风情的最佳地点。令人惊奇的是，喊沙几乎每户人家都保存着古老的傣族文化，他们的饮食起居，他们的生活方式、习俗、环境都是值得深究的。

　　喊沙寺是瑞丽著名寺奘之一。建于清末，1981年翻修扩建，因寺顶呈三叠，故又称洁达温寺。喊沙佛寺原住持伍并亚温撒曾是南传上座部佛教的著名高僧，在信教群众中享有很高威望。每逢傣族节日来临，朝拜的香客和旅客络绎不绝，国内外宾客来到瑞丽，都要到此一游，成为祖国西南边陲的一处旅游胜地。来到喊沙，人们可以天天过泼水节，夜夜过篝火晚会，尝民族美食，看民族歌舞表演，体验民族风俗，放水灯祈福，与当地村民一起载歌载舞，零距离感受傣族多姿多彩的民族风情文化。2017年12月，"2017年CCTV影响力德宏行"走进瑞丽傣族风情边寨喊沙，这里渐渐

喊沙奘寺

被世人所熟之。值得骄傲的是，瑞丽市喊沙村荣获了2015年CCTV"中国十大最美乡村"荣誉称号。同时也是云南省唯一一个荣获"中国十大乡村"的地方，更是国家首批确定的非物质文化"孔雀舞"的传承基地。

水软山温的回环

回环是畹町德昂族、傣族聚居的一个山村。"回环"一词是傣语，意思是山箐里长着一种用于染布的靛蓝植物的地方。

回环地处南亚热带季雨林区，特殊的地质地貌和优越的气候条件，造就了生物的多样性。乔木、灌木、藤本植物、各种奇花异草，各个季节的野果十分丰富，天然药草之王"萝芙木"被英国珍藏于不列颠博物馆，其标本就采自回环村。因此，水软山温的回环远近闻名。

的确，在瑞丽的佳山丽水中，像回环这样醉人的景色并不多。中缅边境旁的回环山水，可谓是一块保存完好的精神自留地。崇尚自然的回环村人，自然生态保持得超乎寻常的完美。风味十足的竹楼飘动着迷人风情，没有围墙只有围栏的庄户人家，篱笆头、屋角处处鲜花，且四季常开，一条柔情似水的瑞丽江在寨前悠悠流过，寨子叫不出名字的古树名木一棵连一棵，其中叫"树花生"的老树，那红叶中长着红花，那花里

畹町回环村竹林

长着蓝果，枯枝老根，精神矍铄，寿长千年，像古人守护着清秀明丽的回环村庄叫人感念。望不到尽头的竹林竹海紧紧包围着景色迷人的回环寨子，使回环美得真实、美得自然、美得深情。随着四季的变换更替，回环的景致也随之变幻不定。秋韵、冬景、春花、夏绿，午间炊烟、夕阳晚照、夜歌寨火、农耕场景、乡间小路，那是用有限的文字无法描绘尽的，无不展现出醉人的美，全是种种醉人的风景。因为回环的美里有味，浓淡难分，有馨香，更有道不尽的恋情和缠绵情思漫进心海，让人享受不尽。

蜿蜒曲折中鲜花攀延的小径，宁静祥和，美丽多情，色彩缤纷，流露出一种清纯的美。彼此怎能抑制心中的激动，为这心中最美丽的梦境！清晨的回环似睡梦中醒来，鸡犬相闻中，竹林野趣里，雾岚在竹林中四处飘溢。苔荫昼梦，一花一竹，皆成朋友。欣喜是发自内心的，瑞丽江、畹町已经远去，城市文明与己无关，回环让你深切体验到"笑捻粉香归洞户"的感受，说不出的愉悦，山花却在嘴边流出浓香。朦胧中，竹的疏影在旭日的影射中变得有些迷离。小鸟在寨子中歌唱，泉水在山间涓涓流淌。山环水绕，清丽明澈，真好似一个深闺梦里人！

当你一头撞进水软山温的回环时，如进入心中的伊甸园那般惊

畹町回环竹林

喜。只见回环寨子中晨雾紧锁，流淌如缕，人如踏进天宫飘飘如也。白云深处，花影绽动，远山近树，草屋、竹篱、农舍、小径、孩童、裸着双乳哺食的母亲，显得那么随性自然，全在云雾的过滤中一一闪现出来了，道不尽的田园风光，书不尽的流光溢彩。穿着一身色彩鲜艳的民族服装的德昂族少女此刻开始推开虚掩的木门，好像还没有从昨夜的春梦里醒来，睡眼惺忪，长发飘飘，裙裾摇曳，显出一种说不出的娇艳。那是由于回环特有的山水映衬而显出的醉人画面。

　　走进回环寨子，映入眼帘的是一幅幅美丽的图画和诗歌般的剪影。寨子里，开满鲜花的清幽小径参差错落，一间间具有德昂族特色的山茅草屋交相辉映，一户与一户间只有简单干净的竹篱相隔。花掩着径，径开满了鲜花，鲜花铺满了眼帘。每户人家的院子都宽敞别致，古朴的竹楼高低错落。古老铁力木树旁的奘房里，葫芦丝音乐悄然响起。隐约听到通宵达旦的德

昂族青年男女在那里狂欢，笑声随音乐飘飞，直充耳际山野。笑声清脆，充满纯真，那么欢快和甜美，谁不羡慕他们这种无忧无虑的幸福生活！谁不羡慕这难得的民族风情！从他们的欢笑声中不难猜想，他们是在歌唱爱情，欢庆人生幸福。那情像山泉溪水，像片片竹叶满含风情。

向瑞丽江边望去，水泊澹澹，江水拖着竹影飘动，到处被翠竹掩映的回环景致更有一种说不出的美丽。它似一幅水墨山水国画静静地坐落于黑山门通往红色码头的路途中。千万朵野花在道路的两旁竞相开放，那么鲜艳，叫人心情格外激动。嫌城里喧嚣嘈杂的游客，他们把回环视为世外桃源，心灵的港湾，梦中的天堂，心之所向。他们的心随江水飘动起舞，他们把枯燥的日子守放成山花，绽放成日月，浸润于竹情竹语中。青山隐隐，绿水迢迢，水软山温的回环，充满诗情。"细数落花因坐久"，看不尽的回环美景。"卧读陶诗未终卷，又乘微雨去锄瓜"，这种闲情逸趣，只有在回环才能感受到。"尽日高斋无一事，芭蕉叶上独题诗"，回环是人们梦里永远的故乡。

温泉氤氲的瑞丽：时光交织中的七彩"勐垅沙"

傣语"勐"是坝子，"垅"是大的意思，意思是大坝子或长形坝子。这种解释不免太过直白，但如果你真正了解了傣族人的语境和风俗，就这种解释还很不够，甚至有点过于片面。

"勐垅沙"不仅包含了地域的某种特征，甚至还蕴含着无法言说的某种成分。人们认为这个美丽神奇的地方生活如此幸福，超出了人们的想象，它是这么的自由美好。坐着竹筏在江上穿梭往来的傣族人打着五颜六色的小花伞，边摆渡，边吼着歌，他们是那么的无忧无虑，诗样的日子恬畅又快活；江的上空飞来飞去的洁白鹭鹜，成群结队，它们自由得没有什么国度，一会儿在水草间觅食，一会儿又飞向竹楼旁的大青树上落脚；牛车从乡间一滚而过，将稻谷金黄的宁静田畴一下划破。而佛塔林立的寨子冒着欢畅的炊烟，时缓时紧的象脚鼓声在响起，伴着傣族少女悠扬的歌声坠入夕阳，弥漫成轻轻飘散的雾岚，朦朦胧胧，让人忘记时光几何。瑞丽不仅是一个美丽的地方，更是一个充满梦幻的奇妙之地。

瑞丽的温泉较多，沿江两岸的城市、乡村均散落着大大小小的温泉。沿江一路如棒蚌、景成地海、贺闷直到老城子，都有温泉，并供旅人消除疲劳，健养身心。很多宾馆因有温泉而吸引了大量的商旅游人。瑞丽"休闲之都"的美名离不开得天独厚的温泉滋润。

这些地热温泉，成了瑞丽天然的资源，成了人们怀念不尽的好去处。有名的"孔雀泉"在瑞丽江边贺闷的田坝间，凤尾竹下冒着氤氲的热气，远远望去，雾气里的人影，将过客深深地吸引住了。他们原先只是好奇，每走近一看，都忘乎所以地加入沐浴的行列中。大概从这个时候，人们都称瑞丽为遥远的"勐垅沙"。尤其电影《勐垅沙》上演后，人们便对这一美丽的地方心驰神往，这么美丽的自然环境，吸引了无数天南海北的人慕名而来。原来，瑞丽勐垅沙比电影的镜头里还要美。在很长一段时间里，"勐垅沙"由一个地方变成了一个美丽的孔雀公主，变成了穿"梦罗沙"绸纱的傣族少女，几乎成了瑞丽的代名词。

"勐垅沙"之名或许与瑞丽多雾有关。如果说"云南是云的故乡"，那么勐卯可称得上是"雾的海洋"。这里一年只分旱、雨两季，从每年的11月到次年的3月是旱季，上午雾气朦胧。坝子忽隐忽现，村寨若有若无。雾一般从夜间12点左右开始，首先由瑞丽江面上袅袅升起，向江畔扩散，再往整个坝子蔓延，到中午方散，人们一天有五六个小时都在浓密的雾里活动，这种景观一年有150天左右。

　　说勐卯是雾的故乡，与它的名字分不开。在傣语里，"勐卯"意为"灰蒙蒙如雾的地方"。"勐卯"之名道出了瑞丽的气候特征。细小的雾珠遇到冷空气就凝结成较大的水珠，从树叶上、草叶上、房檐上落下，滋润了旱季缺水的土壤。据说雾雨里还含有氮，为栽种的作物提供了生长的养分。同时使勐卯花开四季，无时不春。勐卯全境，年均气温20℃，年均降雨量1400毫米，全年基本无霜，是典型的亚热带气候。由于印度洋上吹来的西南风从孟加拉湾溯伊洛瓦底江河谷而上，到达勐卯，带来了大量的水汽，使瑞丽常年多雨，再加上瑞丽坝湖塘多，山区森林覆盖率高，从而形成了勐卯多雾的环境。如果你在旱季来瑞丽观光，便可领略这雾的奇景。要是你在这时来瑞丽江上的渡口，展现在你眼前的景物似乎都是雾的国度：江上笼罩着雾，天空弥漫着雾，竹梢飘动着雾，白鹭翔戏着雾，江天连成一片，笑声、歌声和水鸟的呕呕声似乎也被搅拌在雾里，随着木桨划舟的哗哗声，都从雾里传了出来，真是久闻其声，不见船踪人影。突然，那一叶轻舟出现在眼前，船上的人踏上松软的沙滩，肩挑货物，走进竹林小道又湮没在时浓时淡的雾里。这时，在你的脑海里，会展现出如诗如画的雾。

　　于是，时光交织中的七彩"勐垅沙"，它不仅是一个宽广的大坝子，它更是充满梦幻之地，甚至成了人们心中的天堂。"勐垅沙"不必用汉语翻译，它就是一个令人心驰神往的伊甸园。这里可洗尽人生的一路风尘，随便落脚一家竹楼客栈，你便可享受到贵妃式的待遇。

胞波情深：世界和平安宁的典范诗章

历史不会忘记，共和国不会忘记。在新中国外交舞台上，瑞丽畹町总是充当着重要的角色，展示出独特的魅力。

周恩来总理从畹町桥上走过

1956年12月15日这天是值得中缅两国人民永远纪念的日子。时间虽已过去了60多年，联欢大会欢迎仪式的盛况在瑞丽各族人民心中却历历在目。那是中缅友好的历史见证，历史的丰碑！

缅甸是最早承认新中国的国家之一，也是最早和我国建交的国家之一。1954年，为打破西方国家的外交封锁，周恩来总理与印度总理尼赫鲁、缅甸总理吴努共同提出了国与国之间交往的"和平共处五项原则"。为切实落实和平共处五项原则，开创新中国外交的新局面，经中缅双方友好协商，两国决定在中缅边境举行一次盛大的边民联欢大会。

1956年12月15日，缅甸总理吴巴瑞，副总理藻昆卓、吴觉迎等应中方邀请，与到缅甸进行友好访问的中国总理周恩来、副总理贺龙一起取道缅甸九谷，从畹町桥步行进入中国,前往芒市参加中缅边民联欢大会。云南省委、省政府和边疆各族人民在畹町桥头举行了盛大的欢迎仪式,掀开了两国世代友好的新篇章。两国总理在畹町桥头发表了重要讲话,盛赞中缅友谊,表达世代友好交往的强烈愿望。两国总理还检阅了中国人民解放军仪仗队。此次外交活动,突破了西方国家对新中国的外交封锁,树立了和平外交的光辉典范,为中缅边界问题的顺利解决打下了良好的基础。此后,在中缅两国边民联欢大会精神的推动下,两国胞波友谊世代相传,两国边民互市通婚,礼尚往来,互相理解、互相信任,共同营造了一条和平友好的边界,为两国边民的友好往来和边贸经济的发展创造了优越的条件,架起了一座金色的桥梁,共同沐浴和平的阳光。畹町现今还完整地保留着在周总理下榻休息的地方和中缅首次堪界会会址。这些历史遗址将永远屹立在国门畹町,向人们述说共和国光辉的外交历程。

周恩来总理是新中国的缔造者之一,伟大的无产阶级革命家、政治活动家、外交家,几度风雨,时光悠悠,风云变幻,任世事怎样轮回,沧海桑田,都无法从人民心中抹去对他深深的崇敬和缅怀,怎么也忘不了敬爱的周恩来总理那慈祥的面容及深情厚谊。山高水长,时光飞远,再优美的歌舞、再响的锣镲,也抒发不了对周总理那炽热真挚的情感!

如今依然健在的老同志还深刻地记得周总理步行到畹町的那一幕:下午3时许,当两国总理步行踏过畹町桥进入畹町,受到云南省代省长刘明辉、解放军驻昆部队领导、省政协副主席谢崇文和德宏自治州州长刀京版等负责人的热烈欢迎。中外记者争相拍照,记下这一弥足珍贵的历史镜头。两国领导人一一向欢迎的人群挥手致意。畹町各族人民在畹町桥头举行了隆重的欢迎仪式,两国总理检阅了仪仗队,军乐队鸣奏两国国歌,在3000多人参加的欢迎仪式上,代省长刘明辉致欢迎词,吴巴瑞总理发表了热情洋溢的讲话。欢迎仪式结束后,两国总理及随同前来的贵宾在前往接待室下榻休息(现遗址在中缅友好纪念馆),沿途受到了身着

1956年12月16日，在中缅边民联欢会期间，周恩来总理和缅甸总理吴巴瑞在芒市宾馆各种了一棵象征友谊的缅桂树

节日盛装的畹町各族人民、文艺队伍和学生队伍的热烈欢迎。

吴巴瑞总理一行在周总理的陪同下，步行来到该接待楼，首先上楼来的是周总理。两国总理在进门的右手边双人沙发上落座，其余贵宾也依次入座。在此，周恩来总理与缅甸贵宾亲切交谈，宾主之间互致问候，欢声笑语，谈笑风生，共叙胞波情谊，为我国实现和平外交、增进中缅两国殷殷胞波情，推动中缅边界划分顺利解决、促进中缅两国人民的友好事业做出了卓越贡献。

由于周总理的到来，边城畹町一片沸腾，街道到处张灯结彩，锣鼓喧天，欢声雷动，畹町如同过节，欢乐喜庆的场面用语言无法表述。无论时光怎样流逝，畹町人民，怎会忘记那美妙的时刻？

面对今天，怀想过去，追古惜今，倍感珍贵。那不朽的动人画卷，好像周总理又从历史中走来，令人信心倍增，豪情满怀。思绪翻过历史岁月，穿越时空，回到昨天，希望在憧憬里生根开花。千呼万唤忆总理，挥不去的身姿，挥不去的身影。人们对着高山喊，对着奔流不息的瑞丽江说，敬爱的周恩来总理，你永远活在边疆人民的心中！

秘境弄岛：一片花海的世界

每个人的心里都有一座花园。一个地方的诗情画意不在于轰轰烈烈的艳丽色彩，也不在于人工有意去架构、去渲染，甚至人为的雕琢，而是在于一个地方的历史和人文。弄岛的美不仅包括自然景致与人文的双重要素，它的美在水云间，在自然和谐的人世情缘里。这种人文之美是在四季的变换中所悄然凸显出来的纯粹，是岁月里无声地被人们的心勃然跳动的惊喜，它是那么干净而不含任何虚假的成分，它的美丽无声无息，闪亮、流动着的气韵会引起心中的无数激情和波澜。原来，幸福的热望里由它的一花一树所组成。水墨中的一点红，田坝间飞过的水鸟，从寨间飘飘而过的傣族少女，都会让思绪发芽，心情开花。

春天，恰是弄岛柚子开花的季节，成片的柚林花香阵阵，成了一片白生生的世界，像铺天盖地的雪花飘落，又如身着洁白素衣素裙的仙女在此迷失了方向，找不到归家的路。而稻谷栽插下去后，满坝绿茵，与香蕉林连成自然的一体，绿彩把傣族人的寨子深深地遮掩住了。而当稻谷成熟时，四处一片金黄，与傣族佛塔很协调地搭配在了一起，奇异的美景让人驻足迷恋。而当自己目不暇接，还未回过神来，眼前便突然闪现出了一片醉人的花海，这叫沃龙花海基地的地方，花儿竞相开放，接天连地地将你深深地迷住。你这下

真舍不得把目光移开,目光牢牢沉浸在花的海洋里而不能自拔。宽阔的瑞丽江从一侧飘过,落下一阵美丽的琴声,在琴声响起的上空,有几朵白云在飘动,一束光线从云层直射而下,形成美丽的丁达尔效应,人们看到耀眼夺目的光,那光与花海形成有力搭配,光笼罩下充满神秘的弄岛映现出梦幻般的世界。一簇簇花显得那么艳丽而又娇贵,惹得无数的美女们不停地竞相追逐欢笑。花向春天问候,用它独有的语言把你诱惑。人在花间追逐猎艳,即使你不是一位花痴,一位情种狂客,你也会被弄岛的花海弄得神魂颠倒,它是那么热情、娇艳,那么青翠欲滴!你尽可在欣赏鲜花美景的同时,还可在此烧烤而忘归。享受鲜花美景下的无穷乐趣。如此鲜艳的花朵一起盛开,心情有说不出的舒畅。到了金秋季节,谷子黄了,金黄的柚子也成熟了,那黄灿灿的大柚子,把全国各地的商家都吸引过来。整个弄岛人山人海,一幅秋收的图景。

希望的田野

望着一马平川的良田,人们的思绪不禁漫过久远的年代,追思古人，感慨之余不禁倍感上天带给弄岛的无数恩赐。如今，傣族人的日子好过了，进入寨子，到处鲜花，竹林掩映，满是硕果累累的香蕉、芭蕉树。弄岛傣家人家家户户爱养花，他们的菜园又是花园，由于供佛需要四季常开的鲜花，所以傣族人的园子总是鲜花不断，瓜果满园。如果你有兴趣，还可串进傣家里做客，无论串到哪户人家，热情好客的傣族人都会用自家酿制的香甜糯米酒招待你，用瑞丽江上打来的江鱼款待你。弄岛，傣语为"长青苔的地方"，可知自然环境是如何的美。青翠的竹林、婀娜多姿的大青树镶嵌其间，如梦萦里一个醉人的绿岛。与弄岛隔江相望的就是缅甸最有名的旅游胜地南坎了，古时称藤篾城，这个佛光普照下的美丽之城随时期待着人们的光临。坐上竹筏，不到一根烟工夫就可从弄岛到达南坎。从南坎隔江远看弄岛，它虽不是一个岛却胜似美丽绿岛，不，分明好似镶嵌在瑞丽的乡村大花园！

独特的一寨两国奇观

太阳在这里歇了一天后，这里就变成了两个国家；瑞丽江水在这里转了一个弯，一个寨子就成了两个国家共同的寨子。71号界碑很听话地站在那里，它成了世界上最乖的孩子。

太阳出来的时候，首先要在村里绕上一圈，散会儿步；月亮出来的时候，在村里散会儿步，不在乎有多少人认得、看见。村里的日子自然、宁静，人们讲着同样的语言，青年男女谈恋爱如同串门。一寨两国，国界线东北侧为中方银井寨，国界的西南侧为缅甸芒秀寨。寨子像亲密无间的两姐妹，更像永远相拥的一对恋人。竹棚、村道、水沟、土埂就是庄严的边境线，边境线变得真实而又无形，如淌过村子的潺潺流水，如早晨很难化开的雾变得很浓。在这样的村子生活，喝酒不能喝多了，醉了辨不清方向，怕犯上偷越国境的罪名。在银井寨生活既幸福也很别扭，不敢大声说话，不敢大声唱歌，谈情说爱只有"偷"，甚至得悄悄的。太响了会惊动两个国家村民的安宁，太猛烈了怕惹怒了太阳公公、月亮婆婆。因此这里的人说话声音都很轻柔，软软的，像口里含着一口香喷的糯米饭，其实，太阳、月亮、江水、空气是共有的财产。在一寨两国，太阳经常躲藏到背阴处，寻找月亮坠落的方向。而月亮呢，它总是不想隐去，出现在黎明的天空，敲响家家户户虚掩的门扉，牵着太阳的手，出现在一寨两国的上空，让人们分不清白天黑夜。这里的女人喜欢淋浴，在街边，在竹篱边，只要有水的地方就会有女人的身影晃动，半裸着上身，一手提着花筒裙，让水淋湿全身。她们习惯了在自然与天地间的这种淋浴的心情，水珠在阳光下闪烁，女人成了最美的风景。但有户人家界碑就定在院子里，他家说不清自己是中国还是外国人。这家有兄妹俩，读的是同一个班，却不是同一个国籍，在缅甸，女孩叫男孩为哥哥，但在中国，女孩要称男孩为弟弟。

一寨两国景观

一寨两国水井

　　种的瓜结了也是一种麻烦，两国的瓜藤也会"偷情"。中国的瓜藤爬到缅甸的竹篱上去结瓜，缅甸的母鸡跑到中国居民家里生蛋，常常只听母鸡叫，不见下的蛋。寨子里栽着不少鸡蛋花，花开的时候，满寨清香，连花香也是属于大家共有的。不论哪家有红白喜事，都是两国寨子里的事，大家歇下活，互相帮忙。

　　最快乐的是那些寨里长大的孩子。他们不必那么在意生活上的别扭、琐碎、牵连，连撒泡尿也很随意。想自己是中国人吧，可又觉得不是，纸上画的国旗都有两杆，他们的记性一般都很好，从来不会忘记。雨天和有雾的时候,这里是最美丽的。村里人眼里没有国界,心里也没有国界。一个画家到村里写生后不愿离开,他说这里哪是边境,分明是一座大花园,一个没有申请注册过的神奇"联合国"。

"友谊井"流异国情

一口水井两国饮,真叫人难以置信,但又是千真万确的事。位于中缅边境线上的瑞丽,每个寨子几乎都有一口富有民族特色的水井。这些井大都建有一座叫"南磨广母"的井塔,把水井打扮得既古朴,又典雅,成了傣寨里一道小小的风景线。然而,在这个井的家族姐妹中,大概要数那口"中缅友谊井"最富情感了。它别致风韵,小巧玲珑,古色古香。

你也许看过"一寨两国"奇观,但不一定知道在姐冒寨边还有一口情系中缅的水井。有人说,这口中缅友谊井虽比不上西安华清池的名声大,洗涤过杨贵妃的玉体冰肌,不如杭州西湖的虎跑泉,泡出过清香浓郁的龙井茶,不像成都望江楼的薛涛井,漂染过闻名巴蜀的红色笺。但一口井水两国饮,小小泉水异国情,可谓"井小天地大,有边也无边",又是那些名井难以相比的。

当然,要看友谊井的风光,莫过于在清晨朝霞染红瑞丽江或夕阳给凤尾竹梢镀上金边的时候。这时来自中国姐冒寨和缅甸滚海寨的姑娘们,便三三两两,或挑镀锌铁皮桶,或担红色陶土罐,前来井里汲水,那头上的秀发和艳丽的筒裙在微风吹拂下,随着肩上竹担的节拍,合着铁桶相碰的乐音而飘荡。你看她们缓步走到井旁,从石龛里取下盛水的竹瓢,把清清的井水舀进擦得锃亮的铁桶或圆肚的陶罐里,这时泉水叮咚,水花四溅，笑声从泉里荡出。待桶满罐溢，又悠悠闲闲地踏着碎步，消逝在林幽径上。要是遇到熟人，总是相互点一下头，问一声好，侃一会家常，才各自走入新一天的生活之中。傍晚，暮色四合，是井边最热闹、闲适的时候，女人们从田里劳作归来，都纷纷到井边，有来挑水、洗菜的缅甸少女，有来冲澡纳凉的中国姑娘。那些傣族大嫂则牵着捕蝉捉鱼摸虾归来的娃娃，先替他们洗涮到处沾满泥浆的身体。然后，悠然自得地散开秀发，从井里舀起清泉，在井边冲淋梳理后，挽起松散的髻，再脱掉短小的无领上衣，把筒裙提到胸际，拎起一桶水劈头盖脸地往下浇，冲洗掉一天的疲劳，彼此乐呵呵地谈论着新旧趣事，欢声笑语随江畔的风四散飘落。要是你漫游到这口井边，姑娘们看你口干舌燥，会毫不羞涩地舀起一瓢水递给你，当你在咕咚咕咚喝下她的情意时，不一定能分辨得出给你水喝的少女是中国人还是缅甸人，但在你的心中，已经流动着中缅胞波的深情。

　　也许是这方水土养人，或者是泉水里含有美容的灵丹，长期饮用天然泉水的女人，大都长得水灵。傣族产孔雀也产靓妞，姑娘们不到十七八岁，便一个个出落得像凤尾竹一样，既苗条又秀气，修长的身材如柳的腰，鹅蛋般的脸形黛色的眉，特别是蛾眉下那双会说话的眼睛，使得过路的外乡人也驻足称赞。说这里的姑娘亮丽而不妖艳，温柔但不软弱，她们流水般活泼的性格，总能给你留下几许悠悠的情思。不然，为什么她们连笑声都像泉水叮咚呢？友谊井所在的弄岛这片土地上，产歌手也产故事，远到会弹十二弦琴的勐卯国王召武定，收集整理著名叙事长诗《娥并与桑洛》的傣族诗人召尚弄，写出史学名著《嘿勐沽勐》的傣族史学家卞章戛，都出在这块有"南国天涯"之称的土地上，可谓人杰地灵了。到了现代，在友谊井旁的那个村寨里，还出了一位被称为傣家"刘三姐"的歌手小罕。也许是井里的清泉给了她甜美的歌喉，她在摆场上唱的"你美丽的井塔，矗立在傣家心头；井里的泉水，甜在边民的心口；泉水凝结着胞波的情意，缅桂的清香飘进两国的竹楼"的友谊井之

歌，至今还回响在人们的耳边。

　　井旁的瑞丽江滔滔南流，流走了瑞丽的远古，流走了瑞丽的昨天。昔日来井边挑水的姑娘，换了一拨又一拨，来往的客人也换了一批又一批，如今的傣寨里大多安上了水龙头，用上了自来水，但井里的泉水仍日夜不停地荡漾，井塔上那首"清泉留客醉，胞波情谊深"的井联仍熠熠生辉，两国的女人们仍难忘这口象征友谊的井，每天清晨或黄昏，她们仍不约而同地结伴来井边洗菜、淘米、洗衣、冲凉、谈天。竹林道上依旧飘着她们银铃般的欢歌笑语，又演绎出一个个天方夜谭的故事。哦！那井、那泉、那情、那人，笼罩在淡淡的晨雾里，如同一个虚幻的梦境。

原中缅友谊井

天涯地角：夜梦相聚的殿台

瑞丽的风景，藏在水云间，藏在边境的最深处，藏在历史从未跨越的某个点上；瑞丽的风景，岁月的喧嚣，陨落在美丽的晨昏里，让人们去慢慢品味、去咀嚼；纵然你疲惫的行程有许多孤寂，然而到了水云间金杧果弥漫飘香的地方，心情便会豁然开朗，一个叫"天涯地角"的地方在那里等你。这是一个夜梦相聚的殿台，这是让你能将梦里的星星摘落的地方。到了姐告如同出了国样神奇。

夜露浸染下的殿台，有两只麒麟在等你。或许是两只兽面鸟身的孔雀？这些都不重要，重要的是它在你生命的天边，中国最西边的繁华地段——姐告国门一隅等你的亲临。它在笑，仰天长歌，它在那里站立或遥望，它在这里痴情地等你了千年万年！缅甸有几个寨子与它连接，缅北最大的口岸木姐与它仅一块篱笆相隔，姐告在江那边。

他乡遇故知，相逢何必曾相识。到了姐告"天涯地角"，你的梦想便会装满希望的星空，便如赴一个饕餮盛宴。便会发现，世界在你心里竟是如此之小。不泯的记忆，远涉的千山万水，早化作了一缕尘烟消失在空空的行囊里深深遗忘在江的那边。你的到来，有一份灿然的惊喜，这是珠宝翡翠富集之地，为识宝爱宝之人提供了广阔的天地。且供你随便挑、随便选择。任你踏遍中国的任何地方，这样的机会只有到了姐告才有。名烟、名酒、珠宝玉器、世界上最好的香水和化妆品应有尽有。因为这里有免税店，里面的商品价格可让人咋舌不已。毕竟身在境外的姐告是购物的天堂。

这里有来自缅甸最精美的翡翠原石和精美玉器，就看你有没有眼光，识不识货，有没有运气。在这里，通过淘宝一夜暴富的大有人在。是的，这里既是天涯地角又是希望的乐园，这里是珠宝荟萃的地方，这里是希望的乐土，这里是梦想者的天堂。

从"天涯地角"回瑞丽，你还得经过海关通道，如同出国，这

❶ 国门珠宝商城
❷ 姐告天涯地角

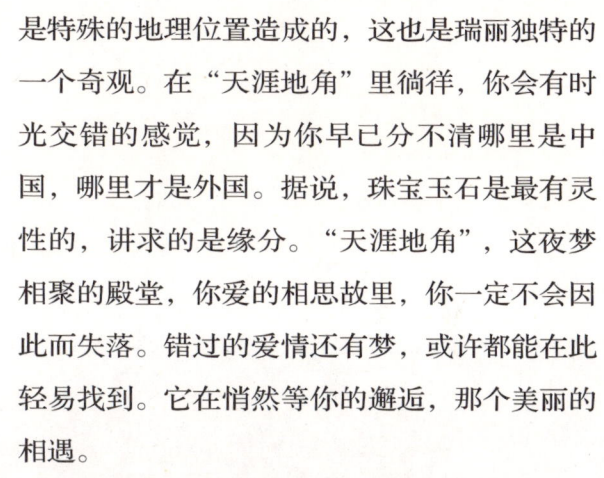

是特殊的地理位置造成的，这也是瑞丽独特的一个奇观。在"天涯地角"里徜徉，你会有时光交错的感觉，因为你早已分不清哪里是中国，哪里才是外国。据说，珠宝玉石是最有灵性的，讲求的是缘分。"天涯地角"，这夜梦相聚的殿堂，你爱的相思故里，你一定不会因此而失落。错过的爱情还有梦，或许都能在此轻易找到。它在悄然等你的邂逅，那个美丽的相遇。

如果你觉得到姐告还不够浪漫，可到一岛两国巷腮小岛去，那是心灵最好的栖息地。在我国的江河湖海里，有不少大大小小的岛屿，它们像一颗颗星星撒在碧波荡漾的蓝色水面上。在这众多的岛屿中，有一个鲜为人知的小岛静静地躺在中缅界河瑞丽江中。岛虽小，却一岛两国，界桩就立在岛上。这个小小的江中岛屿像一颗星星，镶嵌在瑞丽江这条象征中缅友谊的彩带上，人们把它称为跨国岛。小岛现已开发成景颇民族风情园，是一个寸土寸金的娱乐园。雨季，江涛滚滚，热情地吻着小岛；旱季，江雾给它披上乳白的纱巾，白鹭也常来歇息旅居，使这个独领风骚的小岛，充满了生机活力，成了一处披上神奇色彩、独具魅力的地方。

第三章　品味瑞丽，古丝绸路上的流光溢彩

— 157 —

第四章
天雨流芳，勐卯孔雀文化的杰出见证

　　傣族古老的风俗在此演绎，千年神话依然传唱。古老的点灯节映照下的佛光，化作永恒点燃。万物有灵和图腾崇拜千年不古。大象、孔雀、金鹿、荷花是傣族人的吉祥物。一座城市的血色记忆感天动地，被历史遗落的畹町人们永远不会忘记，历史不会忘记，共和国不会忘记。名人堂见证的历史经典，象文化作为傣族人的重要文化之一，而边城飘曳的霓裳艳影，成了瑞丽的一种时尚，魅丽文化彰显出的诗画瑞丽就不能不叫人拍案叫绝。

傣族古老风俗演绎千年人文

在云南西部的中缅边境城市瑞丽,美丽多情的瑞丽江把富饶美丽的坝子分成了两个国家。江水漂流,悠悠然从中国流到缅甸,把江两岸温柔似水的民族紧紧连在了一起,孕育出一对对"跨国鸳鸯"延续着中缅两国世代的友谊。

奇特的跨国婚姻

瑞丽素有"孔雀之乡"的美称,那里有一个似孔雀一样美的民族——傣族。长期以来,多姿多彩的傣族涉外婚姻在全国独树一帜,让人惊叹。据不完全统计,目前,全市已有1000多对傣族青年喜结跨国连理。分得清国家,分不清的亲情。他们带着动人和传奇色彩的婚姻,吸引了众多的探访者。

从瑞丽沿江而行,串串傣族村寨,就会发现每个村寨都有"跨国鸳鸯",而你很难分得清谁是中国人,谁是缅甸人。因为他们有着同样的语言、同样的装束,又同样善良友好、热情好客。他们的家庭和一般人家一样,平平常常的日子,幸福温馨。在瑞丽大等喊村,老村长帅恩晃家的四个儿子全娶了美丽的缅甸籍姑娘。四个异国媳妇对丈夫敬重,对父母孝顺,在当地有口皆碑。这也是老实巴交的帅恩晃老两口这辈子最满意的事儿了。十五年间,四支缅甸"金孔雀"落定帅恩晃家,从此,一家人以农为主,

日子过得平安快乐，美满幸福。四个儿媳妇，从血缘和情感上连成一根纽带，把一个中国家庭同四个缅甸家庭变成了一家人。说起嫁到中国的原因，四个儿媳不约而同地说：中国社会稳定，国家政策好，大等喊的环境好，小伙子踏实能干。在大等喊村，这样的"跨国鸳鸯"就有70多对，他们特殊的婚姻使傣族人的生活多了一些故事和色彩。

到了畹町，全镇有16个自然村，除了6个汉族村寨外，其余所有傣族村寨和2个景颇族村寨都有跨国婚姻现象，尤其回环村和混板，有半数以上家庭迎娶了缅甸籍媳妇。缅甸籍媳妇都把畹町寨子视为生活的乐土，把家当作永远的乐园。

瑞丽江对岸姐告，过去是一个穷寨子，现在不同了，几年工夫，宽阔的大道修到姐告人的家门口，滔滔瑞丽江上架起了永久性大桥。交通方便了、信息灵通了，姐告成了中外贸易的集散地，这里的人们富裕了，天时地利人和，开放活跃的边境

边界迎新娘

贸易，使姐告村几乎家家都有"跨国鸳鸯"。

漫步在瑞丽江边的傣族村落，不但可尽情享受傣族田园风光和瑞丽江美景带来的愉悦，还可以到"跨国鸳鸯"的家庭去感受勤劳善良的两国边民淳朴的民风民俗。听听他们的故事你就会知道，为什么这里的"跨国鸳鸯"如此之多，而且天长地久。正是这些鸳鸯们牵起的亲情、友情使中缅两国世代友谊更加厚实、永久、代代相传。

"滴水成歌"里的万物有灵和图腾崇拜

傣族从原始社会延续下来的多神崇拜，虽然在历史发展过程中被打上了阶级社会的烙印，但依旧保持着原始宗教的显著特点。与人类思想发展的一般进程相适应，瑞丽傣族先民最初崇拜和信仰的是人类赖以生存而又无力抗拒其灾害的大自然。后来，通过虚幻的认识从自然物中又分化出各种精灵和鬼神崇拜。

在傣族的原始信仰中，世间一切生物、非生物都有灵魂。神、鬼、魂常常交织在一起，一般把对人有利的魂称为"神"，对人不利的魂称为"鬼"，有时神和鬼可以交换使用，而神和鬼的善恶也可以转换。在人们的生活和生产活动中，它们时时主宰着人们生活的顺逆，生产的丰歉以及人们的祸福。至于灵魂更是无处不在，甚至人、狗、猪、鸡、树都有一个魂。他们认为人身上有32个魂。瑞丽一带还认为人身上有124个魂，其中骨头有2个魂，肉体有92个魂。德宏芒市的菩提寺里藏有一本书叫《散叠揉做》，可译作《灵魂基础》，此书认为人体有121个魂，分为正魂和副魂，脑魂、心魂、肝魂、脾魂等是正魂，正魂管语言行为，丢失正魂人就会死，副魂管理意识和识别好坏，丢失副魂人会生病，各种情绪如欢喜、愤怒、悲哀、快乐、惊吓、思考、恐惧、忧伤等等，也都有

祭祀各神的祭台

魂。可见灵魂观念影响之深。

　　傣族原始宗教中最早的崇拜对象大概就是与人们的生存关系最密切的自然物和生产、生活资料，如太阳、山、水、土地、树、村寨、粮食等等，因此，太阳有太阳神，山有山神，江河有水神，树木有树神，土地有"田头鬼""地基鬼"，水泉有"洼子鬼"，风有风鬼，家有家神，村寨有寨神，一个勐（坝子）有勐神，粮食有谷魂。人们为求得生存和发展，必须要和这些鬼神处理好关系，对这些神灵都要定期进行祭祀。

　　农业是傣族最主要的经济活动，故农业活动的祭祀最为频繁。水稻种植是农业的基础，与水稻耕作有关的神灵最重要的有两个，一为水神，一为谷神。每个村寨都设有管理水利的专职头目。每年泼水节后，宣抚司议事庭都要发布修水利令，要求水利头目带领本村成员加固堤坝，疏通沟渠，并检查连接每块田地与水沟的分水器。这些工作完成后，就要祭祀水神了。供品有鸡、酒、槟榔、花束、蜡条、茶叶等。祭神时有大体固定的祷词，内容是向水神提出护沟、防虫、保证沟水畅流、雨水顺调、谷粒饱满等十分具体的要求。祭祀完毕就举行放水仪式了，接着水利头目就顺流而下检查各寨灌溉情况。从水头

寨放下一个竹筒扎的筏子，上插黄布神幡，有水神乘筏巡视之意。

对谷神的祭祀贯穿在整个水稻的耕作过程中，傣族的每个家庭都在自己的水田上选定一个角，叫作"田头"，即田中为首的一块。在田头上设置神台，是一根一丈多高的竹竿或树干，上挂一箩筐，将供品放置其中，供品是糯米饭、芭蕉、甘蔗、蜡条、槟榔等，备耕时祭拜祝告，然后开犁。栽秧时从田头开始，并把最粗最好的秧插在田头。到收获时，又要先祭谷神，再将栽在田头的那簇谷子割下，放在神台上作为供品。待到谷子收割完毕入仓时，又将神台上的那簇谷子送到谷仓里供奉，称为谷魂。在送谷魂入仓的途中，主人一路吆喝，为谷魂引路。谷魂傣语叫"焕毫"，另有一个形象化的称呼叫"雅欢毫"，意为谷神婆婆。说明白点，对水神和谷神的祭祀其实就是具体的生产措施。犁田、插秧、收割、谷仓管理，是各户自己的生产活动，对谷神的祭祀也是各户单独的活动，只由家人念祷词。祭谷神的祷词较为灵活，可即兴默念，也可向神灵提出十分具体的要求。

瑞丽傣族认为山中也有主管人们狩猎活动的猎神，因此上山狩猎要祭猎神，以

瑞丽雷门村德昂族图腾

求得猎神保佑，有些傣族地方的传说认为猎神是傣族英雄沙罗。在傣族村寨中，往往用一棵大树代表猎神。祭祀猎神时要由首领念《猎歌》。

图腾崇拜应该是氏族社会比较早期的信仰，这是把周围与人们关系最密切的动植物或其他自然物认作自己的祖先，加以崇拜，这就是这个氏族的图腾。瑞丽傣族的图腾崇拜主要保存在一些民间故事和祭祀仪式中。傣族的神话及传说故事较多，瑞丽有老虎为祖先的传说。傣族喜欢种荷花，傣族荷花时代崇尚佛，荷花是佛的莲座，荷花是佛的崇拜。又比如划龙舟时必先祭拜水神，龙王应是大家对龙的崇拜。大象和孔雀是傣族的吉祥物，孔雀在佛经中被视为吉祥鸟，佛在 550 次修炼轮回的经历中，曾轮回为孔雀身，因此傣族对孔雀大象尤其崇拜，而瑞丽傣族的祖先崇拜较典型的还是体现在对寨神和勐神的崇拜上。由于受佛教文化的影响，好多图腾崇拜和万物有灵观念都带有佛教色彩。

赶摆，带你体会不一样的傣历新年

每个民族有自己的风俗，这些民族风俗串联在一起，也就形成了这个民族的根和魂，就变成了这个民族某种特定的符号，不断传承和演绎。傣历，记录着傣族的心路历程，是傣族文化生活的一个缩影，反映了傣族多姿多彩的生活和悠久灿烂的历史文化。傣族的"赶摆"，是千百年来具有开拓精神和创新精神的傣族坚守着的瑶草繁花，从字意就反映出人们，不仅要"赶"，还要激情地"摇摆"。只要两者之间的关联弄清楚了，就不难弄清傣族为什么一高兴就要赶摆的原因了。

赶摆，就是让单调的生活变成诗流成歌，内涵丰富的节

❶ 中缅边民赶大摆
❷ 中缅边民在姐东峨赶大摆

日形成岁月的无数光斑，焕然着傣族人不朽的情怀和幸福的根底，映照出傣族人不泯的记忆。许多人并不知道，傣历其实有大傣历和小傣历之分。大傣历（傣语为比迈傣）是在吸收汉代中原历法、印度历法、佛历后并结合傣族地区实际生产、生活而形成的历法。它始于西汉时期（即"滇越乘象国"时期），至2019年大傣历已经沿袭使用两千多年。现在，瑞丽所有村寨过"比迈傣"的活动，即是遵循这个历法。而相比之下的小傣历（傣语为沙戛历），实际现在西双版纳地区一直遵循使用的历法，它以泼水节为新年。大、小傣历计算方法有所区别，相同的是一年分三季，一季四个月。由于西双版纳过的是小傣历，泼水节久负盛名，大多数人都将泼水节误认为是所有傣族支系的新年开始，但其实是不同的。

瑞丽傣历新年傣语称"比迈傣"，意为傣历的元旦，

12 傣历新年民俗活动

它是傣族根据本民族特点制定的傣历纪年法，傣历一年共有365天6小时12分36秒。每年傣历元旦，傣族群众都用"赶摆"的方式来庆祝新年的到来。瑞丽傣族人"赶摆"的内容极为丰富，是集祭祀、集会、百艺、商贸于一体，显示出的本真就是来一次大狂欢。虽然叫"摆"，瑞丽傣族赶的"摆"也多，意义也不尽相同，如摆爽南、摆干朵、摆斋等，参加这些活动，都叫作赶摆。瑞丽傣族赶摆，赶出的是风情，赶出的是真正的热闹。瑞丽一带的佛事活动都叫"摆"，也叫赶摆或做摆，如塔摆、大象摆、晃露摆、姐勒摆、小和尚出家摆、跳摆等。瑞丽私人做摆也很常见。但与新年的大摆相比截然不同，傣族新年的摆是一年最大的"摆"。

瑞丽新年大摆是最热闹的。节日期间，傣族男女老少欢聚一堂，举行百人大合唱，喜迎新年歌，中缅歌舞联欢，民族服饰展演，花车展示，各种商品展示，葫芦丝演奏，三弦琴弹唱，孔雀舞，民族拳，棍，刀展演，拔河比赛，象脚鼓比赛，嘎秧比赛，民族体育竞赛等丰富多彩的文体活动。其次，请"召奘"佛爷祈福。演唱傣族传统戏目、唱傣戏、跳传统舞蹈、千人嘎秧舞；文体活动比赛须有打枕头、拔河比赛、投篮

第四章 天雨流芳，勐卯孔雀文化的杰出见证

比赛、傣族刀拳比赛、傣族生活用具开场等，必须有百人同唱傣历新年团结歌。傣历新年节上的民族服饰最为丰富多彩，节目也是名目繁多，让人看得目不暇接，美不胜收。

点灯节与"哦洼干朵"演绎的前世今生

开门节、关门节和泼水节是傣族的三大传统节日，每个节日都有其特殊的意义。点灯节，是所有信仰南传上座部佛教的民族在"出洼干朵"期间必须举行的活动。据说，这天释迦牟尼讲经三个月后要回来了，因此所有信徒须点灯迎接。祈求来年五谷丰登、避邪免灾、世界和平、邻里和睦、家庭

❶ 傣历新年，信徒为300位僧侣布施
❷❸ 傣历新年民俗活动

幸福。

　　10月23—25日这三天是瑞丽傣族连续过"点灯节""出洼节""千朵节"的日子。在点灯节当天晚上，瑞丽姐勒大金塔前人山人海。傣族信佛，千灯节便是由佛教的点灯仪式演变而来的。点灯节在每年农历的十一月初八至十五期间举行，以礼佛、跳象脚鼓及跳傣族舞为主；关门节，南传上部座佛教民族的宗教节日，每年农历七月中旬（傣历九月十五日）开始举行，历时3个月；关门节，傣语称"毫瓦萨"，源于古代印度佛教雨季安居的习惯，三个月的关门被视为信众的安居戒斋期。傣历十一月十日至望月期，还要举行一次大"赕佛"活动，由佛爷、和尚集中诵读经书，全村寨的信徒都要到佛寺静听经文和忏悔。这天，起早的傣族人就穿好纯白的傣装，准备好需要给僧侣们的斋饭和日常用品，背着竹篮、篮子里放着傣族自制的蜡烛条，白线织的布，虔诚地朝姐勒寺庙走去，天还没亮就相聚在寺庙里，僧侣和信教群众都要云集于此进行朝拜和诵经活动。傣族人在这里静跪听佛爷念诵经文，滴水给已故的亲人，听佛爷念经劝化和滋养心灵，指导和教育着人们的生活方式，这也是傣族人民世世代代都能保证民风淳朴的原因之

傣族开门节点灯祈福

点灯祈福

一。仪式结束后，傣族人回到家里，开始准备丰盛的美味佳肴。傣历十一月十四至十六日，3个月的"进洼"（夏安居）日期届满，便举行"出洼干朵"节，即开门节庆祝活动。傣历十一月十四日下午，寨子要竖立吉祥幡、团结幡，家家户户要把水果及姜苗串起来捆绑在幡杆上，看到硕果累累，意味着寨子的团结和共同创造新生活的强大力量。

晚上，整个奘房都会点上蜡烛，"点灯节"拉开序幕。这时候，寨子里的小伙子小姑娘敲锣打鼓到天亮，傣乡今夜未眠。到了傣历十一月十五日，老人们入住奘房，继续佛事活动。这天晚上，瑞丽姐勒大金塔同样举行点灯节活动。傣历十一月十六日，全寨子人都穿上漂亮衣衫，带上纸花、蜡条、花树、食物、钱币来到佛寺，举行隆重的赕佛和诵经活动，这天傣语叫"出洼干朵"，也叫"摆哦洼"（即出洼节）。敲锣打鼓集体吃施舍饭、僧众聚餐，这个热闹与欢乐的场面，就是传说中的所谓"谷子黄傣族狂"了。傣族村寨又恢复了往日生活，僧侣们可以走出佛门，信众可以出远门，傣族可以盖新房，小伙子们可以串姑娘，恋人可以举行婚礼。傣族点灯节，又称解夏节，是南传上座部佛教在"出洼干朵"前后3天举行，傣族各村各寨的老百姓都要点上千条蜡烛，祈求四季平安，来年五谷丰登，邻里团结和睦！月圆的时候，释迦牟尼在众神的簇拥之下来到人间，信徒便点上各种彩灯和上千条蜡烛迎接。这一天也是僧侣们解除夏安居的日子。走进傣族村寨姐东崃奘寺，古榕树下，如繁星点点的灯光，让人感受到独特意境。无数盏烛光辉映。点灯享受一份独特、宁静的精神世界，人们虔诚的信仰给这片土地带来了祥和、幸福。点灯节，也是傣族人的梦，是一种信仰，傣族人世世代代延续着，有灯指引并点燃希望，他们双手合十，虔诚地许愿，默默地祈求健康、平安、如意！这期间，瑞丽所有傣族寨子姐相乡大等喊、小等喊、弄岛寨子奘房都在开展这一盛大活动。点灯节这天晚上，无论走到瑞丽坝子的哪个寨子，整个寨子的男女老少聚集在佛寺里，点燃自备的油灯或者蜡烛，为自家祈福，为来年的风调雨顺祈福。灯点得越多，心意越诚，预示着日子越火红。傣族是瑞丽土著民族之一，历史悠久、源远流长，至今依然保留了许多别具一格的传统节日。其精髓是净化心灵、教人从善、普度众生、敬畏自然。灯映着的，是一张张虔诚圣洁的脸。僧侣点亮手中的蜡烛，默默念着祷文，虔诚的信念，纯洁的双眸，让人看到了信仰的力量和光的魅力。

中国及缅甸人民在姐勒金塔点灯祈福

孔明灯点亮瑞丽江畔

瑞丽傣族人的孔明灯又叫天灯、飞灯，傣语叫"贡菲"。贡菲还带着各种礼物，像点点星光一般，把傣族人民对遥远的乡亲们的祝福带到远方。这还不够，大家又在江面放起了水灯，那许愿的水灯影影绰绰，顺着瑞丽江漂向异国缅甸。

每当举行泼水节活动，瑞丽傣族人都要到瑞丽江放孔明灯、放盏盏莲花一样的水灯进行放许愿灯活动。祈福燃放孔明灯，诉说着

傣族久远的灿烂与文明。赶摆夜，江边广场到处都是各种小摊，那些卖亮闪气球的小贩最聪明，早早就占据了入场口的位置，贩卖各种形状的孔明灯、莲花水灯。当人们到江边广场放灯的同时，最喜欢看漂亮的傣族姑娘。赶摆夜的傣族妹子打扮得非常漂亮，个个都是筒裙短衫，已婚傣族女人们就盘着很张扬又妩媚的扇髻，而未婚的傣族姑娘好像就只是挽了一个很简单的圆髻，不过这些发髻上面几乎都插着统一的花朵，爱好各种金首饰的她们，身上、手上还戴着好多金饰品，既随意，又好看。最主要的是，同一个村寨的傣家姑娘，几乎都穿着同一颜色、同一款式的傣族裙，走在街上，真是摇曳生姿，分外迷人。瑞丽江边是节日最热闹的地方，几乎所有的傣族人包括缅甸的都会来瑞丽江放孔明灯和莲花水灯，一家子来放，小情侣来放，一个村寨都邀约着一起来放，好似刚过的节日舞还跳不过瘾似的，大家都往江边广场里涌。宽大的江边广场上人山人海，在激情音乐的伴奏下，在霓虹灯光的闪射下，夜空变得更加多情美丽，其场面真是热闹非凡，有说不尽的气氛在此洋溢。

放孔明灯可不是一件容易的事，一般需要两个人一起协作完成。孔明灯一般用竹篾做支架，再用绵纸或纸糊成灯罩，底

部的支架则以竹削成的篾做成。孔明灯可大可小，可圆形也可长方形。一般的孔明灯是用竹片架成圆球形，外面以薄绵纸密密包围而开口朝下。准备点灯升空时，只要在底部的支架中间绑上一块沾有煤油或燃油的粗布，放飞前将油点燃，灯内的火燃烧一阵后产生热空气，孔明灯便膨胀，有了托力，将孔明灯使劲往上托出去，然后再慢慢看着孔明灯飞向天空。底部的煤油燃尽后孔明灯会自动下降。其飞行原理类似于西方的热气球，但孔明灯在年代上要比西方早得多。

放飞孔明灯时，矜持的傣族人会把心里对家人的祝乃至对远方亲朋好友的祈祷，祝默念叨一番，而年轻些的傣族小卜少、小卜冒们会直接在孔明灯上写出自己的心愿和祝福，让孔明灯将自己的梦儿带到璀璨的空中。大家遥望着天空，心情变得格外舒畅，思绪和着灯儿越飞越高。不仅百姓放，连小和尚也组队来放孔明灯。他们的加入，吸引了无数远方来的客人。

放完孔明灯，便又汇集到了瑞丽江边放莲花水灯。那一盏盏的水灯徐徐向下漂荡，清碧的江面形成了一个灯的世界。由于参与放水灯的人特别多，沙滩变成了一幅人影晃动的世界。灯是吉祥之灯，许愿后的灯托着放灯人的心愿，消失在遥远的视线外，江成了一条含情脉脉的江，活着的明亮的江。江水的柔波一层层地涌起，人们直到夜晚深沉、直到星星眨满天空都不愿散去。放完了莲花灯，傣家人开始了彻夜狂欢。此时的傣族人，都会在瑞丽江广场一侧，以一个村寨为单位租下某个烧烤摊，摆好啤酒，放响音乐，开始载歌载舞、喝酒狂欢一整夜，那场面可谓是"火树银花不夜天"。

灯，燃烧自己，照亮别人，破暗为明。灯有光明，给人们带来了希望；灯有温暖，让人感受到满满的幸福。信念之灯，如同一只小船，满载无限希望和期盼，泊在人们心间。那梦的灯和傣族人一起活着，再也不想睡去。

❶ 吉祥许愿灯
❷ 瑞丽姐勒佛塔点灯节

第四章 天雨流芳，勐卯孔雀文化的杰出见证

一座边境口岸城市曾经的血色记忆

瑞丽有一座苍古神奇、闻名遐迩的边关要隘，它就是黑山门。雷允飞机制造厂承载着一段遥远的记忆，如一首历史长歌，令人思索怀念。景颇族人民英勇抗日的三户单户瓦自卫战，在西南边陲的土地上已传为美谈。南洋华侨机工回国抗日纪念馆的建成，成为全国爱国主义教育基地，其纪念碑是中华民族永远的精神丰碑。

血祭国门：追忆黑山门战役

黑山门，所处的地理位置十分险要，历来是兵家必争之地。每次路过黑山门，人们都不禁会以一种敬畏的心情目视勒石而立的高高纪念碑，沉重的心情总会沉浸在一种难言的悲痛里。黑山门之战纪念碑很奇特，是用产自畹町黑山的石块垒起而成。如果不是那用琉璃瓦镶嵌而成的阴阳八卦凉亭提醒，路人很难知道这就是昔日曾经闻名一时的黑山门战斗遗址。真是时光如电，日月如梭。想中国之梦梦，黑山门之沉沉。想小小的黑山门，在中国抗战史上曾经留下如此辉煌的一笔，为抗战的胜利贡献了不可磨灭的功勋，人们不禁为黑山门倍感自豪和骄傲。英雄先烈为国捐躯，应含笑于九泉！

黑山门是英雄的黑山门，英雄的黑山门是永远的记忆！

想登上黑山门山顶，亲自去领略黑山门战斗遗址成了无数人的夙愿。怀着一颗敬仰的心情登上黑山门之顶，激越之情无以言表。纵横交错的战壕早已荒草萋萋。巨大的黑山门笼罩着四野，山下可

黑山门战斗遗址

看到一条柔情似水的瑞丽江。人们的心灵为此感到震撼！真乃黑山有丽水呀！黑色的野山，不泯的泥土，松涛与鸟语对阵，冷月与残阳同寂，面对高高的山峦，眼是直的，口是干涩的，而心却在不停地跳动着、驰骋着。激动中一老者用双手在被战火烧焦的战壕上不停地抚摸着、寻找着。黑山门给予探寻者深深的思索。想战场上倒下的烈士，想能否还能寻找到一枚生锈的铜弹壳。如果能，他想要用它打磨成一个精制的十字架，或者一个台灯，做一个永恒的纪念，并为英雄永远地祈祷，为英雄照亮一段路程，并让灵魂得到永恒的慰藉。可他怎么也无法找到铜弹壳。天渐渐黑了，他只好静静地坐下来，在山风的吹拂下静静地感受历史，让战场的余烟浸润于心，让跳动的心得到一丝安宁。浑厚的黑山门无语，山似一扇门，紧锁名山大

原黑山门战斗遗址碑

川，险要的滇缅公路，大山层峦叠嶂，逶逶迤迤，巍然耸立，直刺苍穹，到处开满金黄的野葵花和五色梅，山花在山风的吹送下散发出阵阵清香。他为此怀想了很多。想昔日战斗的无数英雄们，他们会日复一日地感受到这山花的美丽么？然而他知道，山上的野花是永远也开不败的。当清明节来临，山上会开遍一种可食用的美艳如雪的白花，白花树树，漫山遍野，枝枝绽放，像漫山遍野飘满了祭奠，花期中的黑山门成了一座醉人的白花山。可惜现在还不是花开的时候，但他此刻已盼望着花期尽早来临。白花开祭英雄，可想那是一种难得的黑山门之祭。

残阳如血，秋风横斜，零乱的思绪在飘飞。惨烈的战斗又浮现在眼底。英雄血，壮士别。黑山门之战打得昏天黑地，日月无光。枪弹如雨，太阳吐血。月亮变形，战士尸骨冷。正义斩断罪恶的魔爪。300多名官兵的血肉之躯倒在冷寂的黑山门上，大山成了一片焦土。沉痛的黑山门一片悲鸣！滇西沦陷，畹町失守，血浅滇缅公路被日军占领，人民不安。为赶走侵略日军，中国军队不畏流血牺牲，经过近30天的血战，用血的代价，经过多次冲锋反攻，于1945年1月21日攻下了日军在滇西境内的最后一个据点——黑山门，终于从畹町桥赶走了日本侵略者。

大黑山，山高坡陡，梯次起伏，森林茂密，屏障着畹町。大黑

抗日战争胜利60周年时在畹町的抗日老兵在黑山门留影

山东部的垭口就是黑山门,是滇缅公路的必经之地。黑山门两端谷深林密,地势险要,大有一夫当关,万夫莫开之势,是日寇据守畹町的一个顽固支撑点。遭受惨败的日军五十六师团师长松山佑三恼羞成怒,下定"全军玉碎也要固守畹町"的决心,严令部下"再不能后退"。

为尽快攻克大黑山,并减少伤亡,当年彭劢将军命令各部队在坚守好既得阵地的同时,派出小股兵力骚扰消耗敌人兵力,并以火力搜索、便衣侦察、访问民众等方式摸清敌人工事、火力配置。猛攻和巧攻相结合,步步压制敌人,逐个夺取日军据点。

1945年1月21日这一天,中国远征军全歼了入侵滇西的日寇,收复了滇西最后一块领土,收复了沦陷两年零八个月的国门畹町,七十一军八十八师进驻畹町。

1945年1月21日12时40分,中国远征军在畹町举行了庄严、隆重的畹町光复升旗仪式,参加仪式的有中国陆军总司令何应钦上将,远征军司令长官卫立煌上将,十一集团军总司令黄杰、二十集团军总司令霍彰以及集团军所属军师长,进驻畹町的七十一军八十八师官兵及其他部队代表和支前民兵等。表明沦陷了两年又八个月的怒江以西的国土已完全收复。滇西

第四章 天雨流芳,勐卯孔雀文化的杰出见证

反攻战正是中国军民抗战以来，在广大战场上，唯一驱敌于国门之内的战斗。

收复国门畹町后，1945年1月27日，滇西远征军各路汇集缅北重镇芒友，与从印度反攻缅北的中美驻印军胜利会合。为了庆祝东西两支抗日大军在滇西、缅北大反攻的节节胜利。1月28日，中美盟军在芒友举行了盛大的会师庆典。驻印美军总指挥索尔登中将、中国远征军司令长官卫立煌、民国政府军政部长官何应钦上将参加典礼。至此，历时8个月的滇西大反攻胜利结束，沦陷两年多的滇西终告光复。

爱悠悠，思悠悠，心祭黑山门，诉不尽的爱国魂，颂不尽的边地情仇！黑山门，不朽的黑山门！我们这些后来人，只有珍惜国门，爱护国门，努力建设国门，才对得起死去的先烈。虽然历史已经过去，但黑山门依然还在。黑山门与英雄永存，历史会永远记住他们的丰功伟绩。黑山门，爱国之魂万古。

雷允飞机制造厂遗址觅踪

每当人们来到瑞丽雷允飞机厂遗址时，都会有一种发自内心深处的激动和感慨，感慨瑞丽历史之底蕴深厚，感慨时光匆匆而过，感慨遥远荒寂的边地竟隐藏着如此多的秘密。而这秘密竟与国家的命运紧紧地联系在一起。

人们也许不会知道，二战时瑞丽曾有一个中央雷允飞机制造厂，曾是当时全国最大的飞机厂之一，为抗日战争的胜利立下了不朽的功勋。透过历史的烟云，透过茂密的胶林，透过湍湍流淌而过的瑞丽江水，人们依然能看到一个残垣断壁的雷允。

1938年8月，武汉局势吃紧，中杭厂已勘定在昆明北郊菠萝村附近建厂，并已雇用民工平整土地，不料此时法国政府在日本的

威胁下，宣布禁止中国利用滇越铁路从海防进口军用物资。这一条道路被阻断后，中杭厂又准备利用正在兴建的滇缅公路从缅甸仰光进口器材，考虑到滇缅公路路线长、路途艰险，运输能力受限制，最后还是选在滇缅公路末端的瑞丽垒允（今雷允）建厂，厂名改为"中央垒允飞机制造厂"。此事与缅甸关系甚大，建厂获得了缅甸和英国当局的密切配合。为了让从内地迁来的职工能够安心工作，厂里建有职工住宅、子弟学校、电影院、医院、商品供应站、农场、飞行人员娱乐中心、海关邮电代办等，可谓现在的"大厂办社会"。拓荒建厂时期，绝大部分费用由美国联洲航空公司投资，由香港转运仰光，再运到雷允飞机厂安装使用。

中央雷允飞机制造厂简称"雷允厂"，这是一座在当时具有世界水平、有先进技术装备的飞机制造厂。它不仅生产和维修了大批抗日飞机，而且还研制成了世界第一架铜轴反转直升机，堪称世界之最，写下了世界航空史上辉煌的一页。雷允厂在1939年春开始修建，机场在四面环山的丘陵地带，花了半年时间就建成了一座相当于现代化的工厂，厂房都是钢结构。雷允厂建成后，偏僻的荒野，顿时成了一个人烟稠密的市镇。当时，员工总数达2929人，家属职工5000余人，这些人员除来自当时的航委会机构和各大工科、航空系的新毕业生外，还有来自西南联大和西北联大的新毕业生，以及来自美国的爱国华侨和从海外归来的留学生。管理人员及各种专业人员，如医生、教师、体育教练、农业和养生技师、邮电员等，一部分特约聘请，一部分是招选人员。工人和学徒则大部分来自昆明，还有仰光的华侨和印度的司机。开始的时候雷允厂主要由美国经营管理，有40余名美国专家和技术工人集中在这里。各部门负责人由美国人担任，副职或其他员工主要是中国人。雷允厂生产的飞机，质量精良，飞行可靠，在当时深受航校和各飞行大队的赞许和信赖，也因此而驰名国内外。雷允厂兴盛时

雷允飞机厂遗址纪念碑

①

②

期，制造了450多架各型飞机，大修了150多架飞机，是当时全国规模最大、设备最全、生产飞机最多的飞机制造厂。制造过霍克式蒙布式战斗机3架，霍克75式单翼全金属战斗机30架，莱茵单翼全金属教练机30架，还组装、改装各式战斗机、截击机、运输机、巡逻机49架，大修过蒋介石的西科尔斯基水陆两用座机。

1940年10月26日，雷允厂遭遇了极为悲惨的一天。这天下午1时左右，飞机厂被27架日机轰炸，投下大小炸弹110枚，死伤员工和家属近200人，到1941年12月间，飞机制造厂基本停工，转移了部分设备到仰光生产飞机。日军的狂轰滥炸，使雷允厂几乎陷入瘫痪，厂房被炸后，重新布局厂房，财务部门迁到缅甸南坎，仓库器材和单身员工迁到缅甸邦坎，开辟南山机场做二线准备。后机厂复工生产，至1941年12月，仅在仰光装配了战斗机40架，在雷允完成和修复了5架莱茵教练机。此时，日军偷袭珍珠港，太平洋战争爆发，美国对日宣战，雷允厂完全移交给中国。经陈纳德将军恳请组建，美国空军"飞虎队"志愿来华作战。这个由中央雷允飞机制造厂出面组建的空军队伍，共有驱逐机100架。此时，雷允厂的任务就是对驱逐机进行检修与保养，保证随时出击，飞虎

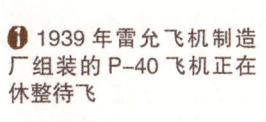

❶ 1939年雷允飞机制造厂组装的P-40飞机正在休整待飞

❷ 当年雷允飞机制造厂的主要领导人

❸ 霍克75战斗机在雷允试飞的雄姿（1939年）

队给日本侵略者以沉重打击，成为阻止日寇大举入侵中国的空中生力军。1942年3月，日本侵略军大举侵占缅甸，攻占仰光，很快便北上攻占腊戌，并向我国畹町推进，中国远征军节节败退。在形势万分危急的情况下，雷允厂紧急撤退，在日寇到达前夕，人员输送完毕，除部分设备抢运到保山及提前运走了少部分精密器材外，5月初，所有厂房均在无可奈何的情况下被烧毁和炸毁。后在保山撤退时，设备大多丢弃，飞机制造厂员工也各寻出路。到1943年5月，与美国的合同期满，这个前后存在了8年的飞机制造厂就荡然无存了。

几十年弹指一挥间，雷允飞机制造厂虽然只存在了短短的8年，然而，其光辉业绩却永载史册。通过寻觅，无法诉说的沉痛记忆，随湍湍而过的瑞丽江翻滚着、起伏着。曾经辉煌一时的中央雷

抗日战争时遗留的日军炮弹（翻拍于勐秀文化站）

允飞机制造厂如一首历史长歌，划过雷允沸腾的山冈，最后留下一轮美丽的夕阳令人思索怀念。

勐秀三户单户瓦自卫战

位于中缅边境的勐秀景颇山，云遮雾绕，郁郁葱葱。生活在这里的景颇族人，粗犷豪爽，勤劳勇敢，历来有爱国爱乡的光荣传统。早在七十多年前，景颇人民英勇抗日的三户单户瓦自卫战，在西南边陲的土地上已传为美谈。

1944年，中国的抗日战争正处于决战阶段，我国的大江南北，摆下了燎原的火阵，日军妄想挽回彻底覆灭的命运，分兵东西两路，加紧发动侵华战争，其中一路从东南亚进逼我国西南边疆瑞丽，把魔爪伸进了勐秀山。日军在岗雷、俄奎的山梁大榕树上搭建岗楼，并派飞机轰炸干海等地，在勐秀烧杀抢掠，无恶不作，其魔爪很快就要伸向户瓦，整个景颇族寨子即将处于一场难以避免的浩劫之中。

当时还是青年的景颇族人梅干和寨里的乡亲们组织了村民自卫联防队。他说："麻雀不打不飞，野猪不打不死，我们要像疙瘩竹一样团结，像众人拾柴火塘旺那样心热，像芭蕉结果一样扭成一团，我们就能保住祖辈居住的寨子，把日本鬼子拒于寨门之外。"乡亲们听他说得有理，就聚集在一起商量对策。

竹楼火塘边的景颇族人一面喝着竹筒茶，一边在热烈地讨论，应在哪里设卡，在哪里设伏。梅干挎上锋利的长刀，背起铜炮枪，首先带领弟弟到寨门去砍大树堵路。乡亲们也一起行动，有的参加堵寨门，有的用木碓冲碾火药。有的把犁头敲碎制成火枪弹。整个山寨燃起了熊熊的抗日烽火。接着又在通往

户瓦的要道上、草丛中布上竹签，做好了迎敌的准备。

　　一天，日军一个中队的五十多个鬼子，顺着崎岖的山路，大摇大摆地来到寨门前，埋伏在路两旁丛林里的景颇族群众，在梅干的指挥下，一起向日本鬼子开火，鬼子受到突然袭击进不了寨，打着药膏旗退到一个山弯里，埋伏在旁边一个土坑的梅干，看到山弯里一棵高大的椿树上吊着一窝铁锅大的黄蜂，就举枪射向蜂窝，被惹怒了的黄蜂鸣叫着黑压压地乱作一团，向正在树下的鬼子飞扑上去，蜇得鬼子抱头鼠窜，有的鬼子痛得在地上打滚，又被遍地的野荨麻刺伤，只得暂时撤退。第二天，恼羞成怒的鬼子再次进攻村寨，密集的子弹雨点般落在寨门两侧，水桶粗的大树都被炮弹炸断，脸盆大的石头都被掀飞。山冈上、丛林里到处硝烟弥漫。梅干带领景颇族汉子，避实就虚，攻其后路，采取调虎离山之计，使敌人首尾难顾，伤亡惨重，只得第二次撤退。之后日军中队长便骑着马亲临督战，又打着太阳旗，分兵两路，再次向户瓦扑来。正当日军中队长站在一个土包上举起望远镜察看地形时，埋伏在寨门两侧的梅干、腊麻南、勒干等人举起铜炮枪，一齐向鬼子中队长瞄准，砰！砰！砰！三枪把鬼子中队长打得人仰马翻，一命呜呼。鬼子见中队长丧命，群龙无首，乱作一团，狗急跳墙，急忙抬来树枝树叶，放火烧山，但时逢雨季，山林中一片潮湿，放火也无济于事，点起的火一下就熄灭了，日本鬼子黔驴技穷，只好垂头丧气地撤走了。

自此之后，日军再也不敢攻打三户单景颇寨。户瓦景颇族自卫战，沉痛打击了日本侵略军，在滇西的抗战史上写下了光辉的一页。1950年，梅干出席了在北京召开的全国群英会，受到了毛泽东主席、刘少奇副主席、朱德委员长、周恩来总理等党和国家领导人的亲切接见，受到党中央的奖励和表彰。并专门奖给了梅干一把枪。为了纪念这一抗战事迹，瑞丽市委、市政府及爱国人士在户瓦自卫战原址出资修建了永久性纪念碑，供人们凭吊，永远铭记这段难忘历史。

永垂青史的南侨机工

在瑞丽市畹町镇国家级森林公园一侧，高高耸立着一座南洋华侨机工回国抗日纪念碑。该纪念碑系纪念抗日战争胜利六十周年之际，德宏州各族、各界人民为彰显海外侨胞历史功绩，弘扬爱国主义精神，在原滇缅公路中国段终点——畹町，于2005年12月20日兴建，以缅怀先烈，不忘国殇，昭示后人，激励来者，永志纪念。纪念碑高悬云空，气势雄伟，纪念碑俯瞰滇缅公路、畹町桥以及邻国缅甸九谷市。

拾级而上至四方平台，是华侨领袖陈嘉庚先生塑像，由海外陈先生后裔敬立。用汉白玉雕刻的花环下方两侧有7级石阶，寓意"七七事变"。碑体总高16米，上端4条金色横带代表抗战时期四万万同胞。南侨机工荣誉勋章镶嵌其间，标

2005年12月11日，瑞丽市畹町经济开发区举行畹町南洋华侨机工回国抗日纪念碑竣工典礼

志着海外同胞同心抗战。宽6米、高3米共3层的黑色底座寓为"九三"抗战胜利。

碑后为记述南侨机工回国抗战的浮雕长廊。右侧为纪念碑碑记，中间的浮雕分别为：召唤篇、送别篇、筑路篇、铁流篇、踏火篇、胜利篇。左侧是南侨机工人名录。浮雕下方为《百雀图》，寓意美丽孔雀之乡瑞丽。浮雕长廊正面有6根柱子，代表抗日战争胜利60周年。

纪念碑建筑、雕刻所用材料，全部采用享誉世界的福建花岗岩石。红色雄伟的纪念碑直冲云霄，象征着中华民族冲破黑暗，走向光明。

无数爱国人士不止一次来到纪念碑前寄托哀思，思古抚今。思绪在空中回荡，激情在血液中狂奔。1937年"七七事变"爆发，日本侵略者发动全面侵华战争，一时国土沦丧，生灵涂炭，神州危在旦夕。当时我国与国际联系的陆海通道绝大多数被日军封

陈嘉庚慰问南洋华侨机工

锁，为了打通国际交通线，滇西20余万民众自备干粮工具，风餐露宿，肩挑锄刨，劈山开路，过水架桥，日夜奋战，以血肉之躯，于1938年8月筑就一条起于昆明，贯通滇西连接缅甸，近千公里被称为"道路史上的奇迹"的滇缅公路。滇缅公路成为我国与国际联系的唯一交通要道，大批国际援华物资源源不断地沿此路运往国内抗日前线。随着战事的发展，滇缅公路运量陡增，一时驾驶、维修人员奇缺，前线后方纷纷告急。1938年广州沦陷，昆明西南运输总处致电南侨总会主席陈嘉庚先生，提出国际援华抗战物资从滇缅公路转运回国，需聘请华侨机工承担运输任务，陈嘉庚先生欣然答应。华侨机工是抗战时期从南洋等地回国支援抗战的3200多名华侨司机和修车师傅的总称。1939年，在南洋华侨总会筹赈祖国难民总会主席陈嘉庚先生的号召下，来自马来西亚、新加坡、泰国、缅甸、越南、菲律宾、印度尼西亚等地的3200多名南洋华侨青年机工，组成"南洋华侨机工回国抗战服务团"，分9批回国参加抗日。国难当头，3200名壮士赴国难，满腔热血报效祖国。华侨机工凭借熟练的技术加上机智、勇敢，战胜了种种艰难险阻，出色地完成了运输任务。

他们辗转于滇、黔、川、桂、湘以及缅甸、印度等地，

为抗战提供后勤保障,滇缅一线地处边沿,经济落后,山高路险,环境十分艰苦,但机工们不畏艰险,出生入死,夜以继日,风雨无阻,抢运军需,维护车辆,有力支援了人民抗战。在此期间,在日军战机的反复轰炸中,在热带疾病的肆虐中,在意外事故频繁发生中,南侨机工有1000余人为了祖国的抗战事业献出年轻的生命,长眠于饱受战争蹂躏的祖国西南边陲的土地上;有1000余人抗战胜利后返回了侨居国;有1000余人留居祖国自谋生路。据统计,从1939年滇缅公路通车到1942年5月日军占领缅甸后滇缅公路被封锁,盟国支援中国的抗日物资(枪支、弹药、汽油等)主要通过华侨机工由滇缅公路运回祖国并支援前线,数量达45万吨,中国支援盟国的物资,也经南洋华侨机工运往缅甸再转运给盟国。南洋华侨机工为祖国的抗战立下了卓越功勋。

1945年日本投降后,陈嘉庚从爪哇安全回到新加坡,重庆10

个团体于 11 月 18 日举行"陈嘉庚先生安全庆祝大会"。为此毛泽东亲笔题词，高度赞扬陈嘉庚先生的无私壮举，称赞他是"华侨旗帜，民族先锋"。纪念碑的兴建为畹町小城注入了一道新的风景，且意义非凡，大大提升了畹町的影响力和知名度。

人们怎么也不会想到，为畹町"南洋华侨机工回国抗日纪念碑"题写碑名的是我国著名教育家、古典文献学家、书法家和文物鉴定家启功老先生。

启功老先生因病于 2005 年 6 月 30 日凌晨在北京逝世，享年 93 岁。"南洋华侨机工回国抗日纪念碑"这十三个笔力刚健雄遒有力的金光闪闪的大字，是他的封笔之作，更是留给畹町的最珍贵的文化遗产和精神财富，显得弥足珍贵。

如今，畹町南洋华侨机工回国抗日纪念馆也相继建成，成为全国爱国主义教育基地，纪念碑是中华民族永远的精神丰碑！

名人堂见证瑞丽历史经典

召武定，傣语意为"能用琴声来训导大象听话的王"，是一位有着恢宏史诗般传说的傣族英雄，他的神奇传说广泛流传于德宏、临沧、普洱、西双版纳等傣族聚居地区。

傣族始祖召武定

浮生能几日，忆旧总关情。召武定是根仑、根兰兄弟王朝时期的一代明君。唐睿宗景云元年（710年）召武定继承王位后，又进一步统一了"勒宏"地区（今云南临沧一带）的傣族各部落小国，并向东扩展至红河沿岸，向西边扩展至与印度接壤的布拉马普特拉河谷。召武定时期的果占璧王国疆土十分广阔，召武定主宰果占璧王国的时期，是傣族历史上最为辉煌的时代，对傣族社会的发展和进步，起到了巨大的推动作用。如今在德宏、临沧、普洱、西双版纳等傣族聚居地区，都流传着有关傣族创世英雄召武定的传说。傣族文字产生前，人们以口口相传的形式将其故事代代相传；文字产生后，有关召武定的传说被写入傣族文献及佛教典籍，保存至今。

召武定国王在位期间，崇尚佛法，将南传上座部佛教的佛法教义广泛普及到了全傣族民众之中，使佛教成为勐卯果占璧王国

召武定（瑞丽）国际学术研讨会

从国王到民众全民信奉的宗教。对反对传播南传上座部佛教的势力采取铁血手段给予严厉打击。

据历史记载，果占壁的王城雷允十分雄伟，整个王城是按照大象的轮廓而建造的，其头部、躯干的形象远远望去一目了然。王城四周挖凿有深深的护城壕沟，仅王城的面积就有20公里宽，10多眼程长，城内的王宫巍峨雄壮，王宫前有国王的拴象石。王城内的街道整齐，人烟稠密，商业繁盛，城内百姓的住房就像蜂窝一样密密麻麻。王城附近山上商人的马帮、驮牛队的驼铃声不绝于耳，坝子里的牛车轱辘作响，瑞丽江上的船舶穿梭往来，各地到这里做生意的客商往来不断，络绎不绝，社会井然有序。召武定还在全国各地建立了允哈、允门、允晃、允雅、允姐铎、允木、允娜、允闷及允陆等许多城镇，为商业贸易的发展提供了良好条件。加之召武定统一了傣族地区，对唐王朝奉行和睦相处的政策，永昌府与勐卯果占壁王国之间没有其他异族的梗阻，因此中原地区经过勐卯果占壁王国

第四章 天雨流芳，勐卯孔雀文化的杰出见证

193

进行中西方商业贸易的商旅往来通道更加通畅，使得处于商贸要道和枢纽地位的勐卯更加繁荣。召武定担任勐卯果占璧国王时，在中原唐王朝抛弃重农轻商的观念、鼓励商业贸易的影响下，也大力推崇经商活动。当时崇尚商业，商人的地位较高，对社会很有影响，商业的发达，使勐卯果占璧王国曾经出现了王城里有三个家财过百万、富甲一方的傣族富商。这些商人利用勐卯果占璧是永昌府通往缅甸、泰国、越南、真腊的通商要道，开设了中原内地与缅甸、印度等国商人相互交换商品的市场，使勐卯果占璧王城市场内货物琳琅满目，黄金、光珠、宝石、翡翠、玛瑙、水晶、蜀布、食盐、锦缎、筇竹杖等中外商品，马帮运输、水路航运、旅馆客栈各业兴旺。经过勐卯古道在缅印与内地间进行商贸交易的商人更多，唐朝时，不仅有中原内地的汉族商人经过勐卯果占璧王国到缅甸、印度经商，也有南诏国商人、马帮通过德宏"南方丝绸之路"前往缅甸做生意的。当时从缅甸、印度输入中国的商品有江猪、白毡、琉璃、琥珀、海贝、光珠等，而中国商人主要向缅甸和印度输出绫罗绸缎、蜀布、食盐等商品。

召武定还注重建设军队和象兵。为了维护国家的和平与稳定，召武定国王十分注重建设勐卯果占璧王国的军队。在勐卯果占璧王国的军队中，象兵一直是召武定建立的傣族军队里最令人生畏的武装力量，他在军队里设置的军事指挥官，就有"召闷掌"一职，傣语意为"指挥万头战象的首领"，级别相当于中原东汉王朝设置的"大司马"职位。根据勐卯果占璧王国国王的规定，除战争时期象兵可以乘坐大象打仗外，平时只有国王才享有乘坐大象的特权，因此傣族有句古谚语叫作"来章宾召，宾章来召"，意即"有象才是王，是王才有象"。召武定国王每次出巡时都以乘象为交通工具。勐卯果占璧王国的象兵参加作战时大象身披甲胄，象兵在大象鞍座上手执长矛、槊，形象十分威猛，正是有了这支雄壮的象兵，召武定才能指挥大军东征西讨、南征北战而所向无敌，能在短短的时间内统一了以勐卯为中心，让果占璧王国称雄一时，统治区域比以前扩大了近十倍。

召武定在勐卯果占壁王国时期做出的另一重要贡献是大力鼓励傣族民众学习内地南诏国等汉族种植水稻的耕作方式和耕作技术，使勐卯果占壁王国傣族民众水稻种植水平有了很大提高，推动了东南亚国家种植水稻的积极性，为傣族人民发展稻作文明做出了重要贡献。

勐卯果占壁王国女国王朗玉罕良

元至元三十九年（1292年），勐卯果占壁王国国王芳罕去世，芳罕有四位同父异母的公主和两个王子，长女叫朗叶罕，次女名叫朗玉罕良，三女名朗安娥，四女名叫朗相艾，两位公子均未成年。因召法芳罕无子继承勐卯果占壁王国王位，又因长女已外嫁汉官，于是众大臣经商议拥立召法芳罕的二公主朗玉罕良继任勐卯果占壁王国王位。

1293年，朗玉罕良公主承袭了勐卯果占壁王国王位后，成了勐卯果占壁王国历史上空前绝后的女王。朗玉罕良称王以后，就把都城从南博河西岸的棒罕迁至南博河西南一隅山脚处的允嫡。赫赫有名的允嫡公主城建成后，四周筑有高高的城墙，沿城墙四周挖有深深的护城壕沟，城内建立了公主的寝宫、公主歌舞榭台、公主坐骑象辇的洗象塘和女王商议朝政的王宫等建筑设施，整个公主城分布在占地面积约1平方公里的一片山坝接合部的二台坡上，前倚绿水背靠青山，难攻易守。女王的公主城坐南朝北，女王宫前有一大片南博河的开阔地，从这里通向各地的道路四通八达，滔滔奔流的南博河自东南流向西北注入瑞丽江，形成王宫的一道天然屏障；宫殿前面，远眺重重青山，连绵起伏，近望万亩良田，阡陌纵横，形成王宫的又一道天然屏障。加上允嫡城西北面的军事重镇货博，这里常年驻有王室的精锐卫队，兵强将勇，一有突发事件就能迅速调集到女王王城附近进行护卫，这些措施使王城易守难攻，固若金汤。女王王宫与东北面的货允隔河相望，货允是专司王室物资供应的地方，也是另外一个保护女王王城的军事要地，货博和货允成为掎角之势，日日夜夜保护着女王王宫这个首脑机关，整体布局精当合理，防卫布阵天衣无缝，显示出朗玉罕良女王有着卓越不凡的治国理政能力和思维缜密的军事才能。

住在女王王城内的人，多是些宫娥彩女，她们是保障女王物质享受和精神生活享受的重要组成部分。这些宫娥彩女，每天都奔忙在允嫡王城通往王宫的一条大道上，顺着山麓向东走400米来到女王的寝宫服侍女王的饮食起居，女王的寝室有阳台、梳妆台和卧室三个结构层次，卧室内女王日常生活所需要的各种摆设井井有条，女王寝宫再往北走约300米，就是女王的歌舞榭台，经常会有宫廷歌舞伶人或者民间艺人在这里为女王表演节目，偶尔还会有来自缅甸、泰国、印度等国家的艺人在此进行访问演出，因此这里经常是歌舞悠扬、轻歌曼舞之音依稀可闻。离歌舞榭台不远处有一个专门为女王乘坐的象辇进行洗涤清洁的洗象塘。女王出巡多数都是乘坐象辇，身材高大的白色大象背上有用黄金和宝石装饰的骑楼，上面有宝盖为女王遮阳。女王王宫由16块硕大的柱石脚石支撑着高大的王宫立柱，每根立柱高8—9米，柱粗约0.8米。整个女王宫殿建筑面积约128平方米，进深8米，东西长约16米，可见当年女王王宫的建筑规模是多么气势恢宏。

元至大三年（1310年），朗玉罕良女王因病不治与世长辞，人们悲伤不已，举国上下为失去这位美丽聪慧的女王感到难过，为她举行了隆重的国葬。朗玉罕良女王在位执政虽然只有16年，但在她执政期间，勐卯果占璧王国在反击缅甸浦甘王朝的入侵和元朝大军征剿缅甸浦甘王朝入侵的战争中发挥了重要作用，艰难地维护着勐卯果占璧王国傣族的统一和完整。但朗玉罕良女王作为勐卯果占壁王国的女王，不仅要顶住来自家族内部分裂势力对王位的觊觎，还要面对朝野保守势力固有的"母马不能挂铜铃，女人不能当召法（官）"的陈旧观念的阻力，义无反顾地勇敢承担起历史赋予的重任，把维护勐卯果占壁王国的统治延续下来，她为了国家和民族的利益终身不嫁，用牺牲个人幸福的代价为民众谋取福祉，这绝不是一般普通的傣族女性所能办到的，真可谓巾帼不让须眉。

雄才大略的思可法

元至大三年（1310年），勐卯傣族混依翰罕登上勐卯国王位，更名"思翰法"，意为"至高无上的虎天王"，自号"萨玛达"，意为"至高无上的统治者"，汉文史书称他为思可法。自从麓川思可法为王后，被称为"莫浩卯弄勐果占壁"，翻译过来就是"银云瑞雾的果占壁王国"。元至正十五年（1355年），思可法受封"平缅宣慰司使"，成为傣族最大的封建土司领主。

《嘿勐沽勐》说，南鸠江畔的傣家王子召傣蚌去世，其长子到南节地方为王，次子召伊和三子三弄带着军队来勐卯。勐卯王朗戛得知，便请召伊来做勐卯王。召伊登上王位，称思可法为王。又据《麓川思氏谱牒》说，罕静法在位12年卒，无子，四大官管理勐卯地方。四大官为求明主，祷告天地，放四马出行。四马在牧牛人剎远前下跪。四大官迎归，请其登上王位。又因一白虎而自称思可法。

思可法一登上王位，便积极开始筹措他的统一大业。首先派人向元王朝进贡，他借"麓川路军民总管"之职衔，利用这一合法身份，逐步实施其既定计划。经过十余年的东征西讨，

傣历2111新年（2016年）入场式上的召思可法像

终于胜利地恢复了果占壁王国，而且更大地拓展了疆土，开始实现他的大国之梦。

元延祐三年（1316年），思可法亲统40万大军向东部挺进，一路所向披靡，元朝官兵不能敌。元仁宗闻报，坐卧不安，遣使者前往查问。思可法对使者说："我来到这里，只是想请求赐给我一点领地和百姓，除此之外没有别的意图。"当时元朝帝国已开始走向衰落，元武宗驾崩，其弟元仁宗在宫廷斗争中获胜，刚刚登上皇帝的宝座，一方面要巩固自己在朝中的地位，另一方面又要应付国内各地出现的骚乱。当得知思可法并不想夺江山，就索性答应了思可法的要求，划出昆明以西的大片土地赐给思可法。思可法得到元帝的赏赐便返回勐卯，但扩大领地的强烈愿望使他无法安定下来。这一时期，元王朝进入末期，镇守云南的梁王与大理段氏的矛盾激化，摩擦不断，根本无暇顾及边事。元延祐四年（1317年），思可法挥兵朝德宏东南方向进发，征服了泰国北部的景迈、景线，缅甸掸邦东部的景栋，还有今西双版纳的景洪，并将腊门、腊光纳入自己的势力范围，然后又击败了强大的勐思董王国。

元顺帝至元元年（1335年），看时机成熟，思可法遂起兵东征，采用归顺者都封授官职的方式，首先以缔结联盟的形式，兼并附近各部落。参加联盟的都要以他为盟主，听从他的调度差遣；反对的就动用武力征服，委任有功贤能之人。因而很快就组织起一支强大的军队。军队一经建立，便发动东征。由于采用归顺者便封授官职保持原食禄，反抗者便加以杀戮并另封授功臣领食的策略，东征十分顺利，所向披靡，一举攻克了勒宏（今临沧一带）地区，直达礼社江西岸的景东、镇沅、新平、莫西和景谷等地区，并一一委官治理。

经数年征战，思可法麾下的勐卯军队已经踏遍德宏的东方和南方，勐卯傣族军队的声威，遍及怒江、澜沧江和伊洛瓦底江上游流域。而思可法认为，还有必要向西方扩展。于是调兵遣将，号称九十万大军，任弟混三弄为"庄色"（傣语，意为元帅），以刀思云、刀帕洛、刀思翰盖等为"贺色"（傣语，意为大将），浩浩荡荡远征勐卫萨丽国。勐卯大军长驱直入，把勐卫萨丽国首府围得水泄不通。勐卫萨丽国王慑于对方军威，不战而降，与勐卯军订立城下之盟，向思可法俯首称臣，年贡金银三百斤。

这期间，思可法动工兴建果占壁王城，在军事上实行三丁抽一或五丁抽二的征兵办法，同时提倡尚武精神，鼓励人民，练习武术，并每年举行一次操练比武活动，奖励勇士，基本全民皆兵。勐卯傣族"散则为民，聚则为军"，为民能耕田种地，进行生产；为军能上阵杀敌，攻城略地，故思家军一时名声大振，归附者甚众。

之后，思可法一举攻占了云南礼社江以西的各路甸，经过几年时间，先后征服了北起罕底，南至勐色、戛里的南鸠江西岸和亲敦江流域的广阔地区，并出亲敦江翻越那加山脉至雅鲁藏布江下游的拉马美普特拉河谷的印度阿萨姆地区建立起阿洪王国。其疆土范围已经到了"上至永昌，与大理国为邻；下抵果景、帽戛，以大水为界；南至勐老和勐润，西至罕底，以戛泻河为界"。包括所有的傣族聚居区。麓川政权的不断强大，思可法的节节胜利，使元王朝极为忧虑。1342年，元王朝才命云南的佩带三珠虎符出兵征讨，但云南兵数量少，士气不旺，一战而溃。一拖又到1346年，元帝才于6月派亦秃浑任云南平章政事，出兵征讨，1347年，元帝又派元帅述律亲自前来诏谕，不久后，又命亦秃浑再次出兵征讨，同时还下诏云南各土官，阐明分化瓦解之政策。但是，所有这些举措都毫无结果，反而引发了述律与亦秃浑之间纷纷上书的闹剧。对此，《明野史》和《百夷传》都有记载。

傣族著名诗人召尚弄

召尚弄芒艾，又名苏伦达（1833年5月6日—1916年11月2日），俗名岩相，出生于瑞丽市弄岛镇芒艾村，是清代勐卯宣抚司辖区内著名的傣族诗人。"召尚弄"意为大和尚，"芒艾"是村名。"召尚弄芒艾"即芒艾的大和尚。清道光十三年（1833年），苏伦达生于一个贫苦农民家庭，按照傣族风俗，他在3岁时被送进奘房

当"嘎备",即预备和尚,一年后升为"召尚"。他自幼聪明伶俐,勤奋好学,他阅读了大量的古今文学著作,早期从民歌开始进行创作,他在认识傣文后便开始用傣文写诗编歌,他创作的诗歌语言流畅,词句优美,周围傣族都爱唱、爱听,到14岁时,因父亲病故,母亲年老体弱,苏伦达还俗回家,以佣工度日。16岁砍竹子时,不幸被竹子刺伤了眼睛,不能干活,复入奘房为僧。他经常为青年男女们写诗体情书,由于过度疲劳,导致双目失明。从此他奋发创作,26岁就整理和创作了大量民间故事和叙事诗、情歌,失明后又长期进行口头创作,请人代写。他一生搜集整理和创作了大约有66部作品,主要是叙事诗。并以书面的形式用贝叶刻下,得以保存至今。这些作品在国内外傣族地区中影响深远,人们尊称他为傣族诗人"李白"和"莎士比亚"。在其83岁的生命里创作了无数动人的文学诗篇,传遍了南亚、东南亚的各个角落,他使傣族文学中的精华,得以流传下来。同时由于他的艺术才能,又使这些文学作品产生巨大影响,在国内外争相传播,德宏地区著名的《娥并与桑洛》被誉为傣族的"梁祝",就是由他首次整理出来的。现今所知他整理创作的叙事诗有《宾机宾列》《广姆贺卯》《阿朗浪》《菩提供玛腊》《广姆宫》《广姆写项》《秀

著名傣族诗人召尚弄芒艾

新修的著名傣族诗人岩相墓塔

三满》《京省勐晃》《章阿凉》《朗琼布》《阿銮浪》《帕雅贡玛反高》《阿朗日劳》和描写四季风光的长篇诗歌《无独松静》等等。1914年11月2日，这位才华横溢的傣族诗人在芒艾奘房辞世，享年66岁。境内外群众为了纪念他，做了3天大摆，破例用老佛爷的规格厚葬了他。且第二年在芒艾建立了一座方形塔石墓用此纪念他。

为纪念这位杰出的诗人，1984年人们在芒艾寨旁的召尚弄芒艾原墓址上重塑了一座笋形纪念塔，供后人凭吊瞻仰。

其实，在瑞丽还有两位傣族文化名家，一位是傣族史学家卞章夏。勐卯弄冒寨人。曾入奘寺为僧，并担任"召帕雅坦玛铁"（大佛爷）。他一生勤奋，知识渊博，勤于搜集流传在民间的各种史料，精通中外历史及多种历法，傣文

水平和写作才能都高超。他经过长期辛勤耕耘，于1886年完成史学价值较高的《嘿勐沽勐》一书。这本不可多得的傣文史籍，记述了勐卯及其附近各地从公元前424年至1778年间的历史。它不仅记述了边地历次战争和傣族诸王的兴衰史，还在一定程度上记述和反映了边地各族人民的生活。他记述的史实比较客观，史料也很丰富，他的纪年，采用了佛历、萨戛历、傣历干支和帝王年号等多种方式，难能可贵，为我们当今研究勐卯及附近地方民族史提供了极为珍贵的资料。

一位影响深远的著名傣族诗人庄相，原名叫岩赛。他是瑞丽广拉寨人，著名傣族歌手和诗人。他出生于一个贫苦的农民家庭。9岁时，庄相被母亲送到奘寺当了小和尚，19岁便晋升为佛爷。25岁还俗后，成为乡间百姓敬慕的歌手。他不仅熟悉佛教经典，而且对傣族民间文学情有独钟，他吟唱的各类民间叙事长诗声情并茂，委婉动人。他像一只辛勤的蜜蜂从浩如烟海的傣族民间文学中吸取了丰富的营养；他背诵和研究了许多民间叙事长诗、传说和故事，这些为他以后的创作打下了坚实的基础。1952年，庄相参加了工作，被安排到当时的瑞丽县文化馆工作。他跟随工作组参加了"和平土改"、农业合作社等。在走村串寨中，他展开双臂拥抱新生活，亮开了嗓子歌唱新时代，先后创作了大量群众喜闻乐见的文艺作品。1956

著名傣族诗人庄相，1986年2月6日在其家中年后，他几次被送到内地参观学习，开阔了视野，增长了见识，创作激情更加高涨。1961年他创作的叙事长诗《孔雀啊，迎着朝霞飞翔》在《人民日报》发表。不久，他又创作了叙事长诗《幸福的种子》由云南人民出版社出版发行。他的作品不仅受到国内外读者的喜爱，连缅甸、泰国读者也争相抢购。以后他又创作了《三朵银花》《一朵红花》《瑞丽江之歌》《党——红太阳》《我们的边城欣欣向荣》等数十首诗歌。"文化大革命"中，庄相的作品也受到了批判，有的被打成毒草，老人忧愤成疾。这时候，境外有不少人劝他去国外写诗唱歌，并保证他"吃穿不愁"。庄相毅然回答："金鹿眷恋绿色的草地，大象喜爱莽莽的森林，我难舍生我育我的故乡。没有共产党就没有我庄相，死活也要在祖国的土地上！"后来，自由的庄相又张开被锁住的金嗓子，放声歌唱了！1979年，他赴京参加全国少数民族诗人歌手座谈会，他以激动的心情创作了《从边疆到北京》《象脚鼓又响了》等，其中用傣文创作的《泼水节之歌》荣获1980年全国首届少数民族文学创作奖。庄相于1986年2月25日病逝，享年75岁。他留下30余本文学创作笔记，成为研究民族文学的宝贵资料。

景颇族末代山官线诺坎

瑞丽是英雄辈出的地方，更是名人汇集的边地。只要探究景颇族的穆日、勒托、勒排穆然、恩空五大官种和各大支系，你就会发现，瑞丽的历史印迹同样精彩，也许每个末代山官都在遥远的边地写下了浓墨重彩的一笔，在历史长河中或多或少留过许多感人的影子。线诺坎，作为末代景颇族山官，也是那段岁月的亲历者和见证者，他的故事就是那段特定历史影像的缩影和记录。他所经历的那段历史，尽管早已如青烟一般散去，但拂去历史的尘埃，从他的身

上，依然能窥见一个山官制度下的瑞丽那不一样的图景。

活到98岁高龄的线诺坎堪称民族的骄傲，瑞丽的杰出代表。从景颇族山官走向人民的公仆，他堪称"中国末代景颇族山官的活化石"。线诺坎于2017年8月9日逝世。

瑞丽，他的家乡。年少时线诺坎到缅甸做生意，学会了英语、缅语，后来从世袭的邦达山官走向三户单总管，支持筹建"中国景颇族联合（政府）会"，1950年积极联系中国共产党，并成为陇川行政委员会委员，作为保山各族各界联合政府第一次会议代表，在"直过区"建设中带头瓦解山官特权。作为大山的主人，将五星红旗插上景颇山成为边地不可多得的人才，为和平解放边疆做出应有贡献。线诺坎，宁贯杜唯一的"活化石"，他的亲身经历是整个边疆历史的写照，带我们走向瑞丽那个神秘的部落。景颇族繁衍生息于群山之中，与绵延的大山有着不解之缘，是一个森林民族，而线诺坎让这个从大山中走来的民族，在瑞丽的改革发展中发挥了重要的作用。

线诺坎属龙准勒排支，姓排，"勒排"姓是景颇族五大官种之一。景颇族的传统观念是南瓜不能当肉，百姓不能当官。他爷爷排早东在广瓦长大后，恰好遇到棒达寨缺少"压平房头竹竿的人"——山官。棒达寨的长者相约来到广瓦要官，就这样他的爷爷成了棒达的第一任山官。父亲叫排早么，是棒达的第二代山官，他父亲长得高大威武且勇猛无比，还是个大"董萨"，在当地很有威望，可惜他父亲在他7岁时就去世了。

线诺坎生于1920年，原名叫排早先。小时候有一个汉族算命先生帮他算命，说他的命硬，必须要请傣族佛爷取一个名字，才能保一生平安。他父亲就请勐秀附近广卡寨的傣族佛爷为他取了线诺坎这个名字，有些人以为他姓线，其实他姓排。

线诺坎的家族从龙准跑么迁到瑞丽勐秀起，到他这一代，一共经历了9代人，先后在过班比孔、户岛、广瓦、棒达4个地方。线诺坎的父亲排早么年仅39岁就去世了，当时线诺坎仅有7岁，不能掌事。到线诺坎18岁，成了棒达的第3代山官。1942年，线诺坎当上了总管勐秀山区的山官，这一年，他仅22岁。接任的那天，举行了隆重的交接仪式，当时他管辖的寨子一共有51寨计1060户，各寨山官都送来一驮贺谷、一条牛腿。

山官的责任就是管理地方，维护自己所管地方的利益，"土司管簸箕大，山官管筛子大"，与土司关系为上下属关系。遇事号召民众共同对外，平时调解本寨纠纷。山官的管理制度是阿公阿祖传下来的，不该管的地方不能去管，一个姓氏山官管的地盘，其他姓氏的山官不能来管，过去没有做过的事不能做，否则百姓会说你乱搞。断案时把当事人都叫来，由山官从火塘里取出一根燃烧的木柴，再用竹筒里的水浇灭，意思是纠纷已经解决，事态已经平息，谁也不能再翻案，这是解决大纠纷的办法。对于小的纠纷，大家商量商量喝一通酒也就算了。他当棒达山官，靠什么管理那么多寨子？靠头人和保长。线诺坎接手后不久，日本人就来了。最初线诺坎觉得是自己运气不好，日本人在勐秀山区杀了21个平民百姓，都是有名有姓的。德昂族和汉族村寨的牛马全部被抢光。开始的时候他四处躲藏，后来实在看不下去了，硬着头皮和日本人谈判，答应给他们送牛、羊、猪、鸡等，条件是叫日本人不要再杀害无辜平民。日本人发给他一只印有日文的袖套，戴着可在日军占领区通行。他利用这个有利条件给陇川自卫队送情报。陇川自卫队根据他送的情报，在三户单一带伏击了日军。

滇西抗战结束后，线诺坎看到境外信教群众纷纷办学，受到启发，他和山官头人商量在他们景颇族山区也办一所学校，想不到不仅景颇族山官头人赞成，连德昂族头人也十分支持。就这样，1947年春，广山学校正式开办起来，聘请司拉山为教师。在他的主持下，1949年12月又成立了广山景颇族文蚌办事处，还组建了60多人的自卫队，司拉山任主席，线诺坎任副主席。从实际上看，当时"文蚌办事处"是景颇族历史上第一个高于山官制度的权力机构。1950年初，共产党打败国民党，解放军要进驻瑞丽勐秀，当时好几个山官头人问线诺坎怎么办，要不要跑去缅甸。他告诉这些人说，见到解放军再说吧。后来进一步坚定了他永远跟共产党走的信心。解放后的一段时间，文蚌办事处多次参加解放军的剿匪行动，成绩卓著，功不可没。

1955年10月，线诺坎应邀到北京参加民族工作会，受到毛泽东、周恩来等党和国家领导人的亲自接见。从1958年开始，线诺坎正式结束了山官生涯，走上了革命发展道路。中国最后一个末代山官、封建领主，变成了建设国家的主人。

让瑞丽传遍大江南北的作曲家杨非

杨非（1927—2007），江西南康人。1949年毕业于江西师范大学，同年参加中国人民解放军，南下昆明，在昆明军区

《有一个美丽的地方》作者杨非（居中）回到创作地与当年的乡亲共忆亲情

国防歌舞团工作，系中国音乐家协会会员、云南省分会理事，云南省第五届政协委员。所创作的《有一个美丽的地方》《阿细跳月》，一直被中央音乐合唱团、中央广播合唱团作为保留节目在国内外演唱，出版有《杨非歌曲选》等。

杨非创作的《有一个美丽的地方》，是云南较有代表性的一首声乐作品，歌曲的创作地为瑞丽勐秀。这是一首极具傣族民歌风格的歌曲，许多外省人对云南、对傣族聚居地瑞丽乃至对德宏、西双版纳的最初印象就是通过聆听这首歌而获得的。是云南的美丽孕育了这首美丽的歌，这首美丽的歌又让云南的美丽插上音乐的翅膀飞翔，使之成为无数人梦想中最美的地方。

1954年，在单位组织的下乡采风中，杨非来到德宏瑞丽。这位来自内地的汉族青年很快就被边地德宏的自然美、少数民族风情

杨非先生墓园雕像

美深深地吸引住。他曾这样描述自己初到德宏的沉醉："一翻过山林进到当时的芒市坝子，哎呀，真是一种震撼呀，根本不像现在这么平坦，田地是轮耕制，到处是放养的牛羊，青山绿水，丛林葱郁，真叫人着迷，就像进了世外桃源。"沉浸在美丽中的杨非随后来到了瑞丽。"在瑞丽勐秀山上、瑞丽江边，晚上睡不着觉，就开始写歌，搞创作。但是写什么呢？天天冥思苦想，找不到主题，总是怕写不出什么东西来。后来没办法，就想，实在不行就写瑞丽，就写瑞丽的傣族和这里的山水吧！于是就在勐秀山上望着山下曲曲弯弯的瑞丽江，打草稿写成了《有一个美丽的地方》的歌词。"这首歌的曲调也是杨非根据采风时听到的一种"旋律很优美，又有意味，真让人陶醉"的"瑞丽傣歌调"而创作出来的。

第四章　天雨流芳，勐卯孔雀文化的杰出见证

从歌词看，《有一个美丽的地方》是一个充满了时代色彩的作品。如果一个作品能在它诞生时属于昨天的"时代色彩"，褪去后的今天和更久远的明天依然流传不衰，那么这个作品就获得一种穿越时间的力量。从歌词看，这首歌的情感核心是歌颂"边疆"与"党"的和谐关系，在歌颂这种和谐关系时，作者并没有直接去阐释某种政治理念，而是通过对呈现"美"与"和谐"的事物的歌颂来体现作品的主题。作品里写了四个层次的"美丽"。首先，写的是"美丽的地方"：边疆的景物美和瑞丽地域美；其次，诗人交代了"美丽的地方"美丽的原因——那是因为有了恩人"共产党"，诗里，孔雀这一傣族人民就是"共产党"的象征，而龙树就是大青树这一傣族地区最常见的，郁郁葱葱大树就喻指傣族人民；最后，诗人再次把情感聚焦于美丽的地方，但与开篇时着重抒写的美丽的景物不同，这里着重抒写的是美丽地方的"美丽的人"。由于有了美丽的党的关怀和照耀，边疆热爱尊重党，两者间形成了一种美丽的和谐。一方面，诗人巧妙地把美景、美人与爱党爱国的美好情感结合在一起，这一永恒的情感成为诗歌的核心主题；另一方面，由于诗人善于抓住傣族地区独特的风景和人情，使主题具有浓郁的地方色彩和民族色彩，这应该是这首歌的又一永恒的魅力，以至于今天许多人在传唱或聆听这首歌时，体会到的情感不再只是党和人民的和谐美，而更注重其中浓郁的民族风情美。

当然，这首歌的美与它优美天成、极具傣族色彩的曲调是分不开的。尤其是当它被改编成傣族传统民间乐器葫芦丝独奏曲时，歌词中的民族风情美与音乐本身蕴含的傣族民族文化美更是浑然天成，深入人心。由于这首歌曲的持久魅力，1997年1月，瑞丽市决定将《有一个美丽的地方》定为瑞丽市市歌，并授予杨非"瑞丽市荣誉市民"称号。2002年瑞丽市委、市政府又决定，为昭示后人将《有一个美丽的地方》永远传唱下去，为瑞丽的文化宝库增光添彩，瑞丽市在杨非当年创作歌曲的大榕树下，在这首歌曲的创作地点——瑞丽市勐秀乡原云南省军区边防某团一营二连旧址旁，竖立一座名为"有一个美丽的地方"的纪念碑，以表达瑞丽市人民对杨非的崇高敬意和衷心谢意。此后，杨非经常应邀到瑞丽开展各种活动。即使再忙，他都不会推辞。因为他早已把瑞丽当作自己的第二故乡。他甚至立下遗嘱，等他去世后，一定要把他的骨灰埋葬在勐秀山。2007年，杨非在昆明去世，家人按照他的遗嘱，将他的骨灰安葬在了勐秀山。

如今，人们可站立于瑞丽勐秀山顶，品味瑞丽，品读杨非老人创作歌曲《有一个美丽的地方》的那种感觉及心情。在这种地方观望瑞丽江，会使人触景生情，浮想联翩，心潮起伏，恍如一切都在梦中。这里不仅是他创作这首歌的故地，更是他故去的唯一归宿，留给世人永恒的回忆。他将自己的骨灰藏在了看得见瑞丽江流淌的地方，他要将自己永远活在瑞丽江里。他的愿望真的实现了，他活在了那首美丽的歌里，活在了瑞丽人的心里。

孔雀舞王：毛相

瑞丽孔雀舞的杰出代表为毛相、约相，每当有节日活动，他们的身影总离不开大家的目光和视线。

毛相（1918—1986），傣族，云南省瑞丽市姐相顺哈村人，著名傣族舞蹈表演艺术家。他天资聪慧，从小受到傣族传统民间舞蹈的熏陶。他小时候放牛时经常躲在森林中，悉心观察和模仿孔雀的跳舞动作，后来他创作出了傣族民间孔雀舞。他曾拜当地民间艺人和傣族艺人哦贺哈为师，学习舞蹈与武术。1953年参加工作，在

孔雀舞王子——毛相

瑞丽傣族孔雀舞国家级传承人——约相在培养新人

中央民族歌舞团任舞蹈演员，1954年返回德宏民族歌舞团工作。他表演的孔雀舞不仅形似，刚柔相济，出神入化，特别是那融自然之灵气而生辉的精灵眼神，令艺术家们望尘莫及，叹为观止。

毛相的孔雀舞造诣很高，为国内外观众赞赏。1957年，在莫斯科举行的第六届世界青年联欢节上，他和该团演员白文芬表演的《双人孔雀舞》荣获银质奖章，成为我国闻名的孔雀舞表演艺术家。1961年，参加中国友好代表团随周恩来总理出访缅甸联邦演出受到高度赞誉，被称为"传递和平与友谊的金孔雀"。他不断学习，把其他民族的舞蹈语言融入孔雀舞中，大大丰富和发展了孔雀舞的表演。他是摆脱孔雀架子道具进行徒手孔雀舞表演的第一人，对孔雀舞的发展做出了重大贡献。主创兼表演的《双人孔雀舞》荣获"中华民族20世纪舞蹈经典"提名奖，成为全国为数不多的优秀奖之一。20世纪90年代初，他被收入《中国当代艺术界名人录》（第二卷）。曾任中国舞蹈家协会理事、云南省舞蹈家协会理事，是中国舞蹈家第五次代表大会特邀代表。1986年8月在瑞丽逝世，终年66岁。

除毛相外，约相也是孔雀舞文化的传承人，被列入国家首批非物质文化遗产名人。约相是傣族人，1948年生，云南省瑞丽市喊沙村人，著名傣族民间舞蹈家。曾任瑞丽市姐勒乡姐东村党支部书记。约相生在孔雀之乡瑞丽，从小就爱跳孔雀舞。年轻时先后拜民间著名孔雀舞艺人帅哏撒卡和毛相为师，习练孔雀舞。由于他悟性高，勤奋好学，舞技不断得到提高，18岁就在中缅边境一带小有名气。20世纪80年代以后，约相两次参加文化部举办的会演和比赛并获奖，两次参加全国少数民族运动会表演"孔雀拳"并获表演奖。多次被聘请到深圳、广州、中国台湾及缅甸进行表演和文化交流。北京、上海、四川等地的艺术院校师生和文艺团体的编导、演员，专门前来向他拜师学艺，学习跳孔雀舞技艺。约相成为继毛相之后德宏州著名的民间孔雀舞大师，孔雀舞传承人。如今，约相在喊沙村自家的土地上建盖了舞台和练功室，用作培育、训练青少年儿童学习孔雀舞的场地，他勇于担当，不辞辛苦，为傣族民间孔雀舞后继有人做出了杰出贡献。

这些孔雀舞传承人，不愧是瑞丽的骄傲，傣族人民的骄傲。他们的形象和作品早已蜚声海外，享誉世界。

博大精深的傣族象文化

在漫长的岁月里，象作为瑞丽傣族人古老的图腾符号，一直维系着生命的那根跳动的血管，它像崇拜孔雀一样虔诚。在傣龙文贝叶书上，都可以看到象的身影和踪迹。它既是傣族的生命图腾，又是一种英雄的象征。从英雄召武定混沌初开勐

弄安寨象雕

卯，一直追溯上去，象作为吉祥而又英武的崇拜对象就一直没有消失。傣族神话故事中就有一个《象的女儿》，象与傣族人的血肉紧紧地联系到了一起。从这一神话故事中就能很清晰地看出，象之神性超过了一切。这种神性在很大程度上来说是至高无上的，甚至超出了某种思想界限。

其实，瑞丽傣族先民百越族群在远古时就与象结下了不解之缘。亚热带丛林中的象与生活在亚热带河谷平坝的傣族长期友好相处，土地是象的乐园，丛林中有象群。先秦古籍《竹书纪年》记载："越王使公师偶献犀牛角、象牙。"说明自秦汉以来，傣族先民便常以象和象牙进贡中原王朝。到了元明时代，贡象之事则更为频繁。据《明史》和《明实录》记载：洪武、永乐年间，仅从麓川等傣族地区进贡的象，便达80余头，朱元璋为此专门设立了驯象所进行统一管理。瑞丽傣族地区盛产象，由此可见一斑。

据傣族的《巴塔麻戛捧尚罗》记载，开天辟地时代，英叭神用自己的污垢，掺和气体、烟雾、大风，造出了天和地。可是，"天飘在云雾里，终日摇摇晃晃；地漂在水上，终日起伏动荡"。英叭神为此坐卧不安，决心要想出一个镇天定地的办法。遂用自己的污垢造了头大象，并将这头大象置于天地之间，用象脚紧紧地定住漂动的大地，用象头紧紧顶住飘动的天。于是，天和地都牢固了，从此才有了天，才有了地，人类才有了世界。这是远古时代的傣族先民创造的第一个创世神象，傣语称"掌月朗宛"，意即光芒四射的象神。傣族先民将它列入创世神的行列加以崇拜。傣族创世史诗中，还有一篇题为《巴塔麻戛贺掌》的故事，讲述一头象首人身的神象制定天气冷暖和开创年月日的故事：英叭神借助神象之力镇好天定好地之后，天地间不分季节，没有时辰，何时天黑，何时天亮，何时天冷，何时天热都没法分清，因而一片混乱，万物无法生存，所有生灵都在叫苦。英叭神知道自己的创世业绩尚未完成，于是派捧麻远冉神到天地间划分季节、制定年月日，被罚窒息静睡了10万年。可是，在他窒息静睡之时，头却被女儿砍断了。太阳和月亮知道后大怒，射出无数烈焰要将大地烧毁。英叭神不想让自己千辛万苦造好的大地毁于一旦，决定重新给捧麻远冉神一个头，以息太阳、月亮之怒，于是又派了一个神到森林里砍下一只大象的头，配在捧麻远冉神的脖子上，捧麻远冉神便成了象首人身的神。他复活后，继续制定季节、划分年月日。这段历程，被后人称为"象头创世时代"。

佛教传入瑞丽傣族地区后，崇象意识增强。在影响深远的佛本生故事里，便有象是佛的化身之说。认为释迦牟尼在尚未成佛之前，曾经多次投生于动物世界里，其中最后一次是投胎为象，再从象投胎转世为人。前2世纪的印度巴鲁特石刻《释迦牟尼诞生图》便是这一说法的最形象的描绘。象成为傣族先民一种神圣的崇拜对象，即带有始祖象神血缘的佛陀神象。傣族是我国最早学会驯象、养象，最早学会种植水稻、最早进入农耕社会的民族之一。据我国水稻史专家诸宝楚的研究，新石器时代，云南便已开始种植水稻。而进入农耕社会后，人们对生产工具有更高要求，象自然就成为傣族最重要的农耕助手。唐《蛮书》中就有这样的记载："象大如牛，土俗养象以耕田，仍烧其粪。"当然，这个时期，象不仅是重要的农耕助手，还是傣族先民心中不可或缺的守护神。象队成了傣族古代战争的劲旅。其中，象阵是傣族古代著名的兵法，在史籍文献中均有记载。如《厘俸》开篇就这样描述象战："海罕按照天意出征，威武的战象在坝子里布成象阵。"战争开始后，"象脚踏出一条条血路，血染的长鼻在风中飞舞"。在傣族的古典叙事长诗中，常有这样激昂的诗句："用战象踏平森林，摧毁竹楼和村庄。"古代，拥有众多大象几乎就是拥有强大军事力量的代称。不过，象战发生最为频繁的地区，则要数勐卯，也就是今天的瑞丽。象作为一种文化自产生之日起，就贯穿于整个傣族的历史中，初始形态是一种象神话和象祭祀，然后发展到象崇拜随后分化为两大类别渗透在精神和物质两个领域里，深层的意念表现在繁杂又深厚的生产生活中。到了傣乡瑞丽，我们可以尽情欣赏那些精神的、物质的象文化，它无所不有、无处不在。滇越勐卯古老的乘象之国，一个值得让人追忆的神秘古国。

边城飘曳着的霓裳艳影

傣族作为瑞丽的主体民族,服饰的丰富性在为瑞丽增添美丽色彩、构建风情瑞丽中扮演了重要角色。

传统与时尚交相辉映的少数民族服饰

在瑞丽的大街小巷,你会看到传统与时尚交相辉映的丽人身影,穿戴不同服饰的少数民族同胞穿梭其间。如果你是一位远道而来的旅客,你一定会被这里的少数民族深深吸引。绚丽多彩的民族服饰形成浪漫情调入眼入心,深深定格在你美丽的梦中。各民族的物质生活和精神文化在这里形成大汇集。衣服的式样、结构、工艺、色彩、线条和图案等方面多姿多彩,成为瑞丽一道亮丽的风景。

各民族的服饰是那么鲜艳夺目,都是在长期历史发展中形成的。每个民族的服饰穿戴习俗,往往又和他们的生产、生活环境、性格特征、审美爱好和居住环境有着密切联系。而你在瑞丽所看见的服饰,又能比较鲜明地反映一个民族地区有别于其他民族地区的显著特点。人们从自己的习惯和印象上,一望就知这是什么样的民族服饰,即可知道是哪一个

兄弟民族。在瑞丽，所有民族的服饰都能看到，甚至每个民族的服饰都有几种，这些民族服饰色彩不同，风格样式各异，它们在你眼前不断穿梭，切割拼凑出神灵样的世界，连同汉族时髦服饰、缅甸服饰以及来自风情各异的东南亚各国的少数民族服饰交织在一起，成为民族服饰的绚烂画卷。这些画卷在瑞丽几乎天天呈现、上演，每时每刻都可碰见，这样优美的呈现，真是弥足珍贵。

  傣族作为瑞丽的主体民族，服饰的丰富性在为瑞丽增添美丽色彩、构建风情瑞丽中扮演了重要角色。富于亚热带旖旎风光的傣族服饰，霓裳羽衣一般的令人陶醉。傣族女子服饰从古朴中走来，在与周边地区的民族服饰相融合的过程中，不断吸收改良并兼收并蓄，容纳了现代时尚的诸多元素，终于形成今天别具一格、特色鲜明的现代傣族服饰，且更加流光溢彩、优雅大方、风情万种。傣族

中缅胞波狂欢节服饰竞赛

衣裙一般色泽淡雅，要么淡绿色，要么粉红色、嫩黄色、肉红色，且印有优美的花纹图案，鲜有大红大紫的。傣族衣裙衣料多选用薄而柔软的乔其纱、的确良或丝绸缝制，既讲究实用，又有很强的装饰意味，颇能体现其亚热带生活特征。傣族女子上身一般穿白色或绯色紧身衣，外套浅色大襟或对襟窄袖衫，或圆领窄袖。窄袖短衫一般都紧紧地套着胳膊，几乎没有一点空隙，若是用肉色布料缝制的，远远望去，根本分不清是袖子还是手臂。这样的短衫穿在身上，前后衣襟刚好齐腰，紧紧裹着身子，使得腰身纤巧细小，若下身着长至脚踝的

民族服饰大赛最佳服饰设计奖

裙子，下摆宽大，裙上织有各种花色的图纹，即便不动，优美的舞蹈姿势也会立刻显现。通常只要有条件，傣族女子会在腰上系一根宽一寸多的精制银腰带，这样更显得婀娜多姿、风情万种。傣族女子喜将长发挽髻，在发髻上斜插梳、簪或鲜花做装饰，并喜欢佩戴金银珠宝饰品，亭亭玉立，宛如古典仕女的风韵。傣族少女参加集会赶摆，大多足穿时髦泰国拖鞋，手持花伞以挡烈日，这样的打扮，集傣族女子束发的发式、筒裙的特长和短衫的修窄于一体，把她们装扮得妖美玲珑，娴静迷人。傣族有文身的习俗，作为身体装饰美的组成部分。花纹有虎、豹、龙、象、狮、蛇、傣文等动物或图案，或经文、八卦、线

获一等奖的服饰

德昂族女子服饰

条等图案。

总之，瑞丽各民族服饰繁花似锦，五彩缤纷的服饰真像一个开满奇花异草的百花园，用传统与时尚点缀起象征着瑞丽民族大团结、口岸明珠繁荣兴旺、美好幸福的新希望、崭新的未来。

德昂族腰箍与水鼓演绎千年神话

德昂族既是瑞丽的世居民族，还是人口较少、古老的民族，被誉为古老的茶农，德昂族是我国最早种植茶叶的民族之一。德昂族先民把茶叶视为图腾崇拜物。正如德昂族神话史诗里说的："有德昂族的地方就有茶叶，德昂族人的身上飘有茶叶的芳香。"

德昂族人世代就居住在这片肥沃的土地上，正像德昂族人的生活中少不了茶一样，德昂族人对腰箍和水鼓情有独钟。

腰箍是德昂族妇女服饰的一部分，德昂族妇女往往以不同的服饰装扮来区分不同的年龄、不同的族群支系。但有一点是相同的，女子在成年后，都要在腰间系上腰箍作为装饰品。这种装饰品形式有多种多样，有的宽一些，有的窄

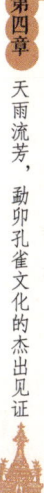

德昂族水鼓舞表演

一些；有的用草藤做材料，有的用藤条劈成的藤篾做成；有的还漆成红色或者黑色，有的干脆就用材料的原色。有藤篾做成的腰箍很细，妇女一般要戴20道到30道。竹片做成的腰箍，有一指多宽，上面还雕刻着各种花纹图案。有的竹片腰箍，贴着腹部的那面还包上白银或锡片，闪闪发亮，显得高贵精致。关于德昂族腰箍的起源有一个动人的传说：远古的时候，当102片茶叶变成的51个精干小伙和51个漂亮姑娘来到大地后，他们亲如兄妹，合力驱除黑暗，开辟山河，用自己的皮肉把千山万水铺绿，使大地充满生机。然而，好人自古多磨难，有一天，一阵黑风把相亲相爱的兄妹吹散，姐妹们被送上高空，兄弟们被打倒在地下，由于云天阻隔，像茶花茶果一样命运相连的弟弟达楞在玩耍中受到启发，他扯下一根青藤绕成圆圈抛向天空，没想却套下了小妹亚楞。于是，其余弟兄做成50个藤圈一齐抛向天空，套下50个姐妹，大地再度欢腾起来，鱼虾和众兽尽情欢跳,百鸟自由飞翔。为了玩得更舒畅,50个兄弟解下50个姐妹腰间的藤圈,只有最小的弟弟和最小的妹妹亚楞忙着倾诉爱情而把藤圈遗忘。最后,解下了藤圈的姐姐都飞上天去了,仍然留在大地上的达楞与亚楞结为夫妻,传下了一代又一代的德昂族子孙。直到现在,德昂族人都认为,只有腰上箍着藤圈的姑娘才是靠得住的好媳妇。姑娘身上戴的腰箍越多,做得越精致,就表示她越勤劳、越聪明。

德昂族同中国其他少数民族一样,也是一个能歌善舞的民族。每逢节日庆典或是婚嫁喜庆的时候,他们最喜欢的活动是跳一种传统的水鼓舞。在宽阔的草场中央,穿着节日盛装的男女老少围成圆圈,跟着水鼓的节奏尽情欢舞。跳水鼓舞必须敲水鼓,敲鼓者拿鼓槌的双手舞姿很美,向上翻绕能做出许多奇妙的花式动作,粗犷与优雅兼备,最能调动舞蹈者的情绪。德昂族水鼓是用质地较软的一段圆木头挖空了心制成的,鼓身呈长筒形,表面绘有花纹,绷紧蒙上牛皮做鼓面。打鼓前先从鼓身中间的小孔灌进水或酒去,湿润鼓皮或鼓身,获取德昂族人早已习惯并且非常喜欢的传统特殊音色,所以叫水鼓。据说德昂族人劳动时,发现空心木头在雨后饱含了水,碰撞时发出"乒嘣、乒嘣"的声响,还有他们在日常生活中背水的竹筒也能发出这种奇特的声音。对这种声音,人们听惯了也喜欢上了,在劳动之余,便经常敲打空心木头、竹筒,和着这种声音的节奏起舞,后来就演变成了今天的水鼓和水鼓舞。由于年代久远,加上本民族的文字日渐没落,水鼓的真正起源已成不解之谜,这也为水鼓这种古老的乐器增加了浓厚的神秘色彩。德昂族人有很深的水鼓情结,每当他们见到水鼓或听到水鼓的声响,就忍不住手舞足蹈,甚至激动得热泪盈眶。水鼓是守护德昂族人的精灵。

沿着妇女腰箍和水鼓舞的历史脉络追溯下去,我们便能清晰地看到瑞丽德昂族的一些历史踪迹。据史料记载,从先秦时期起,德昂族先祖就被称为"濮"。有的史学家认为,汉代的"哀牢人"是德昂族先祖。哀牢人曾经创造了辉煌的古代文明。到唐代被称为"茫蛮"或"茫施蛮"。宋朝时,德昂族先民曾建立了名噪一时的"金齿国"。南宋宝祐元年(1253年),蒙古军征服金齿国,成为组成云南行省的五大行政区域之一。明清以后,德昂族开始了频繁的迁徙,史称"金齿蛮""蒲蛮""波龙""崩龙"或"养子"。新中国成立初期被称为"崩龙族",1985年,按照本民族的意愿正式更名为"德昂族"。"德"为尊称词,"昂"意为山崖或岩洞,德昂意即"居住在岩洞的人"。瑞丽莫里还保存着大量的德昂族古村落遗迹。

由腰箍、水鼓探寻瑞丽德昂族千年神奇,历史的尘烟早被雨打风吹去。但提起瑞丽世居少数民族德昂族,便有无数的往事涌上心头,便有无数的岁月穿越时空。多少往事应犹在,只是朱颜改,不变的是笑逐颜开的一个雄风浩荡的民族。德昂族在瑞丽这块热土下重获新生。千百年来,他们经历辉煌,也经历过衰落,然而经世不断的,是他们身上那股传承历史与文化的伟力,一如这厚重的、深邃的水鼓、腰箍世代相传。

魅丽文化彰显诗画瑞丽

富有情感的葫芦丝造型并不复杂，却代表着一个民族的无穷智慧，带着傣族人民的无限深情，与歌舞如影随形，从远古直到今天。

醉美勾魂之乐：品味葫芦丝神韵

被誉为"勾魂之乐"的葫芦丝，优美的旋律，柔情如绵绵的瑞丽江水，像来自天堂的声音，它圆润、柔情、婉转，像撑开的手指圆润滑腻，带有女性的芳香，充满灵性，勾魂摄魄。每当夜幕降临，那凉爽的晚风会给你送来一阵阵甜美的乐曲，那声音轻柔萦绕，婉转悠扬，如泣如诉，使人仿佛置身于仙境中。葫芦丝是属于年轻人的，葫芦丝是爱情的乐曲。每当听到它，让人不禁联想到迷人的傣族竹楼，夕阳西下的青翠凤尾竹林，想起婀娜多姿、柔媚百生、温柔多情的傣族少女，想起那条含情脉脉的瑞丽江水。

富有情感的葫芦丝造型并不复杂，却代表着一个民族的无穷智慧，带着傣族人民的无限深情，与歌舞如影随形，从远古直到今天。在柔曼的嘎秧舞、激情的泼水节中，流动成一股生命的脉搏，铸造永恒。它是一种地域特色极为浓郁的品牌音

葫芦丝吹奏表演

乐，一种独特的人文地理文化，它是傣族人最有诗意的语言和通行证，唯一的魂。来到瑞丽，葫芦丝流淌出的美妙旋律是对你深深的抚慰。缠绵而又多情，焚香妙品间，伴你到达心中的梦境。那一切疲惫顿时烟消云散，心儿自然或不自然地涌动起无数的畅想和依恋，对瑞丽怀有牵挂和炽热情怀。葫芦丝音乐是天籁之音，如同从瑞丽江底飞升而起的水之魂魄。富饶美丽的瑞丽，因有葫芦丝之音而魅力十足，神韵醉人。生活在这片神奇美丽土地上的傣族人民视生活如美酒，他们把无限的幸福吹进飘香弥漫的歌里。密密麻麻的寨子，金色的田园，仿若葫芦丝留下的道道音符和醉人乐章。葫芦丝传递给人的信息是悠远、宁静、陶醉、多情、无眠、梦境、爱恋、思念。只要听到葫芦丝，便立刻联想到傣族边寨的大青树下、月光下的凤尾竹、宁静的夜晚、盈盈碧碧的瑞丽江畔发生的诸多动人的爱情故事。瑞丽由此多了一种声音，来自天外的声音。人生中的一切顿悟、理解、挫折、失意、追求、过往、得失融进三支竹管构成的葫芦丝肌体，让气流在连接肌体的金黄葫芦里气韵曲转，产生迷乱之情，听的过程就如欣赏一场太阳雨在夕阳的轻轻微风吹拂中倾泻的过程，是那么气韵生动，让人充满梦幻。葫芦丝声音深沉、明亮，又如成群的傣族少女追逐、嬉戏、狂欢。

在傣族民间神话传说中，相传很久以前一次山洪暴发，一个傣族小卜冒抱着一个大葫芦，冲过肆虐的洪水，救出自己心爱的小卜少，他忠贞不渝的爱情感动了佛祖，佛祖便把竹管插入金葫芦，送给勇敢的小卜冒，小卜冒捧起金葫芦吹出了美妙的韵律。顿时风平浪静、鲜花盛开、孔雀开屏，共同祝愿这对情侣吉祥幸福。从此葫芦丝便在傣族人家世代相传。葫芦丝音色轻柔细腻，圆润质朴，极富表现力。曲调深情、委婉，深受人们的喜爱。

葫芦丝发音优美、亲切、略带鼻音、含有忧郁的韵律感，古人云："彩云之南独神韵，绕梁三日音不绝。"风靡全国的葫芦丝，其神韵从瑞丽香飘海外，传递焕发出瑞丽不一样的美丽和神韵。

排铓与象脚鼓敲醒的夜晚

宁静的夜晚，穿着艳丽服装的傣族人开始沸腾，这排铓和象脚鼓敲醒的夜晚，在清新微风的吹拂下，人们在激情的鼓点中甩开臂膀狂欢。遥远的鼓声，好似浸着露梦，那催征的排铓，震得山摇地动，震得山月隐去，震得火星子乱飞，震得姑娘小伙的心儿痒痒，如梦中的孔雀一次次地重逢，甜蜜的笑容将天然的舞场熏成欢乐的海洋。那咚咚的鼓声，敲开了夜幕，驱开跳动不止的心房，人们忘了月坠西天，人们忘情得直跳到天亮。

月光皎洁的晚上，醉人的竹林深处，寨旁浓密的大青树下，欢笑的身影不停地窜动。夜晚如喝醉了酒，在一阵一阵的舞乐声里被唤醒。女的敲着锣，男的跳着欢乐的舞，那激情的舞步掀起了一阵又一阵的春风。春风醉了，夜晚醒了。傣族人的欢乐，被"嘎秧"一次又一次点燃了。那"嘎秧"驱散着寂寞的时光，温暖着傣族人滚烫的心窝。那幸福的鼓声，在瑞丽永远不会停歇！

或许是一种岁月的默许，或许是心灵的流放地，傣族人总是这样幸福地相聚。这样的相聚，如同花前月下的盟誓，如同鸟恋归家的晚巢。神灵一样的象脚鼓，把夜揉进很深的平面，月光映衬下的人影影绰绰，如梦里一般，很特别。顺着月光的步子爬上夜那很深平面的，首先定会是一对相爱的情人。他们不停地在撕烂夜的篱笆，互吐心曲，到达一种希望的境界。相爱的情人，都想用心撞开围栏，到达希望的终点站。夜醒着，是柔软的海，梦是船，驰向爱的港湾。有谁知道，傣族人的梦有多长、多遥远，鼓声响起的时

泼水节开幕式上，傣族象脚鼓、铓锣齐鸣，共庆佳节

候，忘了一切落寞孤单。在节日里甜笑，用真诚等待幸福。深情的鼓点，那是深藏于傣族人心中的恋曲。又响起来了，鼓用自己最响亮的语言，打动人心。傣族人最喜欢这种声音，分享甜蜜，那是如歌如诗的鼓点，唤醒着一个又一个爱的春天。人们时刻等待鼓声如期而至，多希望能送来一个美丽的梦魇。

宁静的夜晚，那清脆的鼓声，划过平坝，划过道道山梁，将傣族人的梦搭在了黎明的霞光里流淌；那轻盈的舞步便随那鼓声幻化于夜岚，弥漫在瑞丽宽阔的坝子里，蔗汁一般芳香。这舞的天地，这鼓的和声，迷失了回家的路，不停地回旋，这也是傣族人最幸福的时刻。心灵之鼓，催开了傣族寨子浓浓的夜色，也带给傣族人无限的憧憬。鼓如催情的药，鼓如催情的酒，将傣族人紧闭的心扉开启又点燃。这时光，在鼓声中交错，这舞姿，如打泼了一条瑞丽江，流淌成弯弯的一首心

之恋歌。瑞丽傣族的儿女们，滴水成歌的誓言里，日子过得越来越红火。要问如今瑞丽傣族人象脚鼓排铓如此响亮为哪般，为啥象脚鼓舞嘎秧舞跳得如此的欢？傣族人便会异口同声地回答你，全因共产党的恩情比天高似海深，日子如今比蜜还要甜。

傣族剪纸：梦境里活着的艺术刀锋

每个民族都有自己独特的一面，傣族除了衣着、舞蹈、歌曲等具有自己独特的一面外，还有剪纸也是一种厚重文化体现。傣族剪纸产于瑞丽民间、村寨，主要用于祭祀、赕佛、丧葬、喜庆及居家装饰。别看瑞丽傣族村寨有忙不完的农活要做，可他们茶余饭后却拥有快乐的精神世界，在剪纸领域竟还有不俗的民间高手，允当村、喊沙好多傣族村寨都保留有大量的傣族剪纸艺术，这些名不见经传的傣家剪纸艺术，堪称梦境里活着的艺术刀锋。

在傣族人的精神世界里，他们都是能工巧匠，拿起一个西瓜、一

❶ 雷门村约相（83岁）剪纸
❷ 傣族艺人剪纸作品（莫喊帅作品）

个菠萝便可雕刻成各种各样的动物，剪纸和果雕比较起来，更显得随意，有较高的收藏价值。薄如蝉翼一样的纸，将梦里的各种场景剪下来，令人佩服惊叹，他们的情感世界是如此丰富，小小的一把剪子，就可让一切生命重生，这种技巧与本能，本身蕴含着无数的生命哲理。生活让傣族女人如诗画绚烂的同时，也让她们从生活中汲取营养，赋予生活至美的灵魂。傣族女人的星空里，总也不失那幸福阳光的滋润与照耀。

　　这种在刀锋里上演而成的艺术，萦绕出的是流萤飞霞，边境变幻不尽的时光长虹。波光里的倩影，弥漫在心头里的水草。更有龙凤、孔雀、大象、狮子、麒麟、马鹿、骏马、游鱼及各种珍禽奇兽，包括荷花、玫瑰花、板宝花、菊花、茶花、杜鹃等花木，还有亭台楼阁、佛塔寺庙等建筑，形象生动，图案整齐，匀称美观，风格粗犷有力、朴

贺新年，做果雕

第四章　天雨流芳，勐卯孔雀文化的杰出见证

231

实无华。而他们最擅长剪的还是故乡的大青树、月亮和摇曳生姿的凤尾竹。那是他们爱的血脉与根由。剪纸在傣族人的生活中占据着重要而特殊的地位，剪纸从内涵到外在表现形式等诸多方面均折射出傣族人民的历史文化传统、审美追求和独特的民族精神。

但凡来过傣族做客的人都碰见过，一张极不起眼的纸，在傣族人的手里就变成了一张精美的装饰画。通过他们简单的"剪"与"凿"，就可成为一幅杰作。而所用的剪刀、刻刀、凿子和锤是特制的，飞动的剪子如笔，明眸皓齿妖娆，再复杂的图案，这些熟练的傣族剪纸艺人，都可以做到手随心剪、景从心生。小小的一张篾桌便可作为一个剪台。在生产、生活的时候，将纸、剪刀放在小篾箩或筒帕里，随时随地背在身上，休息时也可以拿出来剪纸。在自然的天空下，他们将天空里的白云、蓝天、小鸟还有自己也剪了进去。他们只需一把剪刀就可以在几层薄纸上创造出各种各样生动的图案。这类剪纸形式，表达随意，不受固定图案样式的限制，具有记录生活、展示民族地域风情的艺术效果，是来自心灵的寄语。扎、董、佛幡、挂灯、吊幢多用以装饰佛殿的门窗、佛伞、佛幡，演出道具、节日彩棚、泼水龙亭装饰是他们必剪的内容。傣族剪纸内容多与傣族所信仰的南传上座部佛教有关，涉及佛经故事、民间传说和风物特产等，带有浓厚的生活气息和乡土风味。

傣族人心灵手巧，每当春节来临，他们会剪一些图案吉祥、寓意美好的窗花贴于窗前、门上，让自己欢娱的心情迎来一个喜庆的春天。剪纸，这种梦境里活着的刀锋艺术，实际是瑞丽风骚独具的传统的傣族民间艺术得以较好传承。如今，这种艺术成为傣族人心路历程里看得见的魂魄。

演绎千年的傣族民间神话传说

如果想全面了解傣族,就得从傣族的文学开始。演绎几千年的傣族民间神话传说,是傣族文学的重要部分。傣族拥有一笔使所有的傣族儿女都引以为荣的辉煌灿烂的文学遗产,这笔文学遗产种类多、内容丰富、艺术形式精美。傣族文学的发展大致可分为四个阶段:古歌、神话、创世史诗产生和发达时期;英雄史诗、传说、歌谣形成和昌盛时期;故事、叙事长诗兴起到繁荣时期;新文学蓬勃的时期。古歌、神话等方面和创世史诗的产生和发达,是傣族原始文学发展的标志。《睡觉歌》《关门歌》《拔刺歌》《虎咬人》《摘果歌》等,都从不同角度真切地反映了原始社会时期,傣族先民与大自然搏斗的情景。傣族古歌谣语言朴实、简练,情感表达真切、真率,没有丝毫修饰和雕琢的痕迹。与之相比较而言,傣族的神话、创世史诗就更加丰富多彩。这里包括很多的图腾神话,伴有较高的佛教崇拜意识。《鸟姑娘》《神牛之女》《象的女儿》《金皇冠》《姐等贺的混等王》等都是典型的代表作。傣族进入原始社会末期,创造了英雄史诗。傣族英雄史诗主要描写傣族先民心中的创世过程。如《巴塔麻戛捧尚罗》、《英叭开天造地》、《变扎贡帕》(汉译本为《古老的荷花》)、《细木过》等。《巴塔麻戛捧尚罗》汉译本共13000多行,分14章,堪称经典。人们的自我意识已经觉醒,有了表现自己、歌颂自己的愿望,新的文学精神开始形成。英雄史诗、传说、歌谣形成和昌盛时期的代表作品有《厘俸》(又叫《俸改的故事》)、《勐卯的来历》、《思可法的传说》、《姐相贺的混等王》、《思弄法的传说》、《葫芦丝的来历》、《滴水成歌》、《柴的故事》、《宛纳帕文身杀妖魔》、《泼水节的传说》、《悍掌的传说》等。傣族的地名传说大都以皇室成员的命运遭遇或英雄人物的大无

云南省民间文学获奖证书

沙忠伟 同志：

你参加搜集、翻译、整理和写作的
《 三钱娃 》荣获
云南省民族民间文学优秀作品（论文）奖。

云南省民族民间文学评奖委员会
一九八二年十一月十四日昆明

沙忠伟《三钱娃》获云南省民族民间文学优秀作品（论文）奖

畏壮举来解释来历，具有浓郁的传奇色彩。歌谣以习俗歌、生产劳动歌、童歌童谣、傣族情歌、鹦鹉情诗和凤凰情诗为主，鹦鹉情诗和凤凰情诗最初是男女青年的情书。故事、叙事长诗兴起的繁荣时期，傣族文学出现了崭新的景象。傣族民间叙事长诗产生以后，经过相当长一段时间的发展，形成了数量多、内容广博、形式趋于成熟的发达景象，在傣族文化乃至中华民族的文化宝库中占有重要的地位。神奇性民间叙事长诗在瑞丽乃至德宏地区被称为"里阿銮"，意思是"阿銮经"。这类民间叙事长诗数量很多，流传很广，相传有550部。如《嫡倪罕》和《召树屯》内容大体一致；《宾吉宾尼》与《松帕敏和嘎西娜》内容大体一致。此外，还有《景亚丽和南达纳》（《金蚂蚁阿銮》）、《嫡慕沐苹》、《尼罕》、《缅桂花》、《三尾螺》等等。以战争为题材的代表作有《金皇冠》《乌沙麻罗》《相勐》《章相》《兰嘎西贺》等。以阶级斗争为题材的代表作有《万相边勐》《三牙象》《三只鹦鹉》《阿銮和他的弓箭》等。《线秀》《叶罕佐与冒弄央》《娥并与桑洛》《嫡波冠》《葫芦信》《宛纳帕丽》《十二月歌》等，可算是这一时期具有现实性的民间叙事长诗的代表作，是傣族文学发展史上承前启后的丰碑。其中，《线秀》《叶罕佐与冒弄央》《娥并与桑洛》这三部作品并称为傣族三大爱情悲剧叙事长诗，有着较高的文学价值。被傣族人民称作"五大诗王"

的是《乌沙巴罗》《章芭西顿》《兰嘎西贺》《巴塔麻戛捧尚罗》《章相》，是叙事长诗中最辉煌的成果，思想性和艺术性都达到了炉火纯青的境界。

回望傣族文学，人们不难发现，演绎千年的傣族民间神话传说，为沿袭千年的勐卯古国文化无形地增添着一种强大的魅力。文化既是它流淌不尽的血脉，更是永远挥之不去的精神，这就是瑞丽傣族文化深厚底蕴与永恒的关键所在。

羌笛余音：古老传统的景颇族手工织锦

景颇族是一个爱美的民族，生活在瑞丽的景颇族，如同勐秀山上的斑色花那么绚烂美丽。他们总把花一般绚烂的艺术穿在身上，丰富多彩的织锦光彩夺目，熠熠生辉。一个民族的织锦文化，就像河流一样，总是在默默地奔流前进，无声无息地展示着这个民族的历史和性格特征。对于山地民族的景颇族来说，更是如此。他们的生活如诗，山野清新的微风吹开了他们的视野，大山的品格练就了他们生活的本领。也只有如此执着而奔放热情的民族，才能创造出如此奔放而热情的织锦。古老传统的景颇族手工织锦，犹如古老羌笛余音遗留下的道道音符，色彩斑斓得如同美丽的斑色花叫人永世难忘。

景颇族织锦工艺精巧，图案别致，色彩艳丽。多用黑色或红色做底色，景颇族织锦花纹图案取材广泛，有动物、植物、生产生活用具、几何纹和自然现象等，蕴含吉祥、力量和丰收之意，寓意景颇族人民对美好生活的追求和向往。织锦图案纹样有三百余种，真是琳琅满目，景颇族织锦作为体现景颇族传统文化的实物，散发着景颇族厚重的文化气息。琳琅满目的景颇族织锦，清晰地显露了一个民族波澜壮阔的发展脉络。

景颇族织锦比赛

　　传说有一年，在大青树果子成熟的季节里，百鸟选择吉日，在结满红、白、黄、黑、灰、紫各种颜色和大小不一的果子的大青树下，举行隆重的鸟类目瑙盛会。这一天，人类如期赴约，参加了鸟类的目瑙盛会，与鸟类一同欢歌狂舞。盛会结束时，舞场上满地散落着百鸟舞蹈后落下的五彩斑斓的美丽羽毛，细心、爱美的一些景颇族妇女把它一一捡起来，拿回家，小心翼翼地编制成筒裙，上面汇有多姿多彩的图案，非常漂亮。到来年举行目瑙盛会时，妇女们穿着自己亲手织成的鸟羽筒裙去参加了目瑙盛会，鸟羽筒裙引来在场所有宾朋的目光，大家都想要如此漂亮的筒裙，可哪里去寻找这么多羽毛呢？聪明的妇女们灵机一动，便用多彩绵线，模仿鸟羽筒裙纺织，并惊喜地发现，所纺织出来的织锦鲜艳夺目，妇女们兴高采烈，大家相互效仿，都学习织锦了。编织的图纹日益丰富，工艺日益成熟。景颇族在特殊的历史长河中，创造了特殊的织锦文化。制品有毯子、筒帕、筒裙、护腿、包头、腰带、背腰、护孩围巾、

祭祀垫毯等。筒帕、包头、筒裙、护腿、腰带等制品经线用深青色或黑色构成，纬线为手工自捻自染的红色羊毛线，且多为红底。景颇族织锦是景颇族姑娘智慧的结晶，是她们借以显示手艺、寻偶择配和憧憬未来的珍贵织物。我们从中可以理解景颇族妇女的人生经历和生活追求。通过这些织锦了解景颇族的生活环境、生活习俗和历史文化。

　　景颇织锦，千秋溢彩。

景颇族织锦

第四章　天雨流芳，勐卯孔雀文化的杰出见证

瑞丽，一艘正在扬帆起航的希望之舟
（代后记）

瑞丽，傣族的发源地，也是勐卯果占璧王国的龙兴之地。乘象古国、口岸明珠，历史悠久，风光优美，民族文化底蕴深厚，浓郁的亚热带民族风情，在祖国西南边陲熠熠生辉。这里珠宝荟萃，月光下的凤尾竹摇曳生姿，金色的佛塔闪耀着万道佛光。这里是伊洛瓦底江的源头，美丽的瑞丽江从坝子间穿过，传遍大江南北的《有一个美丽的地方》的原创地，傣族人民在此幸福地生活。名扬海内外的傣族泼水节、震撼人心的目瑙纵歌节、激情四射的中缅胞波狂欢节让你乐不思蜀，忘了夜临，成了永恒记忆。这里是梦想者的天堂，商旅人家的乐园。傣族始祖召武定从瑞丽起步，开创了勐卯的雄霸伟业；世界傣族汇聚来此寻根追念祖先。迷人的傣族风情、抗战文化、边关历史文化可圈可点。南传上座部佛都方兴未艾，古王城遗址多处健在，飞海湿地弄莫湖，心灵栖居地彰显瑞丽美丽大气。在瑞丽，不仅可观尽热带奇花异草，更可到幽谷莫里寻达光古国遗留的德昂族古寨。姐勒金塔下的姐勒湖蓝如明镜，太阳当顶的地方——畹町小城抗战历史光耀华夏。古老的象文化，傣族的奇婚异俗，赏不完的傣族竹楼美景，品不尽的瑞丽风味小吃，更有淘不尽的珠宝翡翠。人文景观和自然景观交相辉映，历史文化和民族风情异彩纷呈。梦幻葫芦丝勾魂的那刻，瑞丽带给你的将会是一幅仙境一般的迷人画卷。瑞丽国家重点开发开放试验区的建设，让瑞丽再一次扬帆起航，突飞猛进，日新月异，灿烂生辉，放射出更加夺目的光华。昔日滇越乘象古国，今日边陲耀眼的口岸明珠！

  作为"文化德宏"丛书之一的《文化德宏·瑞丽》的出版，是宣传推介瑞丽文化的重要切入点，也是瑞丽文化工作者义不容辞的义务和责任。瑞丽市委、市政府高度重视，及时召开会议，认真落实好出版经费及编撰人员。编撰人员深入思考瑞丽文化元素，认真搜集挖掘资料，实地走访，边撰稿边修改边校对，撰写出二十余万字的文稿，同时安排摄影家协会搜集、拍摄了几百幅图片，完成了本卷的编撰工作。

  《文化德宏·瑞丽》以历史的眼光、文化的视角、文化大散文的笔法三条主线，真实唯美地展示了瑞丽厚重的历史文化，它将带着你走进这片神奇美丽的土地，去探访瑞丽多彩的自然、地理、历史、人文和灿烂的民族风情。随着画卷徐徐展开，勐卯果占壁文化、傣族文化、佛教文化、抗战文化、中缅胞波文化、边境口岸文化、珠宝文化、生态旅游文化、民族节日文化、饮食文化等一一呈现，带你开始一趟奇妙的亚热带人文山水之旅，让你真切感受到瑞丽这块如诗般的多元文化交汇之地的富饶美丽与神奇。

  本卷的编撰，历时半年，从文化定位到篇目、内容做了多次修改，四易其稿。参加编撰的同志、执笔作者、摄影工作者耗费了大量精力，付出了辛勤的劳动和汗水，为此，对提供资料和图片的作者及审稿、统稿、提供修改建议的同志表示诚挚的谢意。

  由于编撰人员水平有限及作者写作风格不同，书中难免有错漏之处和不足，敬请读者谅解。

《文化德宏·瑞丽》编委会
2022 年 1 月